Suítes imperiais

Bret Easton Ellis

Suítes imperiais

Tradução de Ryta Vinagre

Rocco

Título original
IMPERIAL BEDROOMS

EDITORA ROCCO LTDA.
Av. Presidente Wilson, 231 – 8º andar
20030-021 – Rio de Janeiro, RJ
Tel.: (21) 3525-2000 – Fax: (21) 3525-2001
rocco@rocco.com.br
www.rocco.com.br

Printed in Brazil/Impresso no Brasil

preparação de originais
MAIRA PARULA

CIP-Brasil. Catalogação na fonte.
Sindicato Nacional dos Editores de Livros, RJ.

E43s Ellis, Bret Easton
Suítes imperiais / Bret Easton Ellis; tradução de Ryta Vinagre. – Rio de Janeiro: Rocco, 2011.

Tradução de: Imperial bedrooms
ISBN 978-85-325-2674-8

1. Ficção norte-americana. I. Vinagre, Ryta. II. Título.

11-3366 CDD-813
CDU-821.111(73)-3

PARA R.T.

History repeats the old conceits,
the glib replies, the same defeats...

ELVIS COSTELLO, "Beyond Belief"

Não há armadilha mais mortal do que
a que montamos para nós mesmos.

RAYMOND CHANDLER, *O longo adeus*

Fizeram um filme sobre nós. O filme se baseava num livro escrito por um conhecido nosso. O livro era simples, sobre quatro semanas na cidade em que fomos criados, e a maior parte dele era um retrato fiel. Foi rotulado de ficção, só alguns detalhes foram alterados, mas não nossos nomes, e não continha nada que não tivesse acontecido. Por exemplo, realmente houve a exibição de um pornô *snuff* naquele quarto em Malibu numa tarde de janeiro, e sim, eu fui ao deque que dava para o Pacífico, onde o escritor tentou me consolar, assegurando serem falsos os gritos das meninas torturadas, mas ele sorria ao dizer isto e eu tive de virar a cara. Outros exemplos: minha namorada de fato atropelou um coiote nos desfiladeiros de Mulholland, e um jantar de véspera de Natal no Chasen's com minha família, sobre a qual reclamei informalmente com o escritor, foi descrito com fidelidade. E uma menina de 12 anos realmente foi currada – eu estava naquele quarto em West Hollywood com o escritor, que no livro observou apenas uma vaga relutância de minha parte e não descreveu corretamente como me senti naquela noite – o desejo, o choque, o medo que eu tinha do escritor, um louro distante por quem a garota que eu namorava era meio apaixonada. Mas o escritor jamais retribuiria plenamente seu amor porque estava perdido demais em sua própria passividade para firmar a ligação que ela precisava dele, e assim ela se voltou para mim, mas na época era tarde demais, e como o escritor se ressentia de ela ter me procurado, eu me tornei o narrador bonito e abobalhado, incapaz de amar ou de ser bom. Foi assim que me tornei o débil que vivia em festas e que perambulava por destroços, pingando sangue pelo nariz, fazendo perguntas que não exigiam respostas. Assim me tornei o cara que nunca entendia o funcionamento de alguma coisa. Assim me tornei o cara que não salvaria um amigo. Assim me tornei o cara que não conseguia amar a garota.

As cenas que mais me afetaram no romance narravam minha relação com Blair, em especial um trecho perto do final, quando terminei com ela em um terraço de restaurante dando para Sunset Boulevard, onde um cartaz que dizia DESAPAREÇA AQUI me distraía continuamente (o autor acrescentou que eu estava de óculos de sol quando disse a Blair que nunca a amei). Eu não falei dessa tarde penosa ao escritor, mas aparecia palavra por palavra no livro e foi aí que parei de falar com Blair e não podia ouvir as músicas de Elvis Costello que sabíamos de cor ("You Little Fool", "Man Out of Time", "Watch Your Step"), e sim, ela me deu um cachecol numa festa de Natal, e sim, ela dançou para mim cantando "Do You Really Want to Hurt Me" do Culture Club, e sim, ela me chamou de "danadinho", e sim, ela descobriu que eu tinha dormido com uma garota que peguei numa noite de chuva no Whisky, e sim, o escritor contou isto a ela. Pelo que percebi quando li essas cenas minhas com Blair, ele não era íntimo de nenhum de nós – a não ser de Blair, é claro, e mesmo assim nem tanto. Era simplesmente alguém que adejava por nossa vida e não parecia se importar com sua visão categórica de todos ou que contava ao mundo nossos defeitos secretos, exibindo a indiferença da juventude, o niilismo fulgurante, glamourizando o horror de tudo.

Mas não tinha sentido ficar chateado com ele. Quando o livro foi publicado, na primavera de 1985, o escritor já havia saído de Los Angeles. Em 1982, ele era aluno da mesma faculdade pequena em New Hampshire em que eu tentei desaparecer, e onde tivemos pouco ou nenhum contato. (Há um capítulo em seu segundo romance, ambientado em Camden, onde ele parodia Clay – só outro gesto, outro lembrete cruel de como ele se sentia em relação a mim. Indiferente e não muito mordaz, era mais fácil de desprezar do que qualquer outra coisa no primeiro livro, que me retratava como um zumbi desarticulado confundido pela ironia de "I Love L.A." de Randy Newman.) Graças à presença dele, só fiquei em Camden um ano e me transferi para a Brown em 1983, embora no segundo romance eu ainda esteja em New Hampshire durante o segundo período de 1985. Eu disse a mim mesmo que isso não deveria me incomodar, mas o sucesso do primeiro livro pairou em meu horizonte por um tempo desagradavelmente longo. Isto tinha a ver em parte com meu desejo de me tornar também escritor, e de querer ter escrito o primeiro romance do autor depois que terminei de ler – era a minha vida e ele a havia raptado. Mas logo tive de aceitar que eu não tinha nem talento nem energia para isso. Eu não tinha a paciência. Só queria poder fazer. Fiz algumas poucas tentativas canhestras e convulsas e, depois de me formar na Brown em 1986, percebi que jamais iria acontecer.

A única pessoa que expressou algum constrangimento ou desdém pelo romance foi Julian Wells – Blair ainda estava apaixonada pelo escritor e não se importou, assim como grande parte do elenco coadjuvante –, mas Julian sim, de uma maneira alegremente arrogante que beirava a empolgação, embora o escritor tenha exposto não só o vício em heroína de Julian, mas também o fato de ele ser basicamente um michê endividado com um traficante (Finn Delaney), servindo de gigolô para homens vindos de Manhattan, Chicago ou San Francisco e hospedados nos hotéis que ladeavam a Sunset, de Beverly Hills a Silver Lake. Julian, doidão e cheio de autopiedade, contou tudo ao escritor, e havia algo sobre o livro ser lido por muitos e coestrelado por Julian, que parecia lhe dar algum foco beirando a esperança e acho que ele no fundo ficou satisfeito com isso, porque Julian não tinha vergonha – só fingia que tinha. E Julian ficou ainda mais animado quando foi lançada a versão para cinema no outono de 1987, apenas dois anos depois da publicação do romance.

Lembro que minha apreensão com o filme começou numa noite quente de outubro, três semanas antes de seu lançamento nos cinemas, numa sala de projeção nos estúdios da 20th Century Fox. Eu estava sentado entre Trent Burroughs e Julian, que ainda não estava sóbrio e ficava roendo as unhas, contorcendo-se de expectativa na luxuosa poltrona preta. (Vi Blair entrar com Alana e Kim, seguindo Rip Millar. Eu a ignorei.) O filme era muito diferente do livro no sentido de que não havia nada do livro no filme. Apesar de tudo – de toda a dor que senti, da traição –, não pude deixar de reconhecer uma verdade ao ficar ali sentado na sala de projeção. No livro, tudo relacionado comigo tinha acontecido. O livro era algo que eu simplesmente não podia repudiar. O livro era severo e tinha sinceridade, enquanto o filme era só uma mentira bonita. (Também era frustrante: muito cheio de cores e movimento, mas também impiedoso e caro, e não recuperou o custo ao ser lançado em novembro.) No filme eu era representado por um ator muito mais parecido comigo do que o personagem que o escritor retratou no livro: eu não era louro, não era bronzeado, nem o ator. Além disso, eu também me tornei de repente a bússola moral do filme, vomitando jargão do AA, recriminando o uso de drogas de todos e tentando salvar Julian. ("Vou vender meu carro", avisei ao ator que fez o traficante de Julian. "Custe o que custar.") Foi um pouco menos fiel do que a adaptação da personagem de Blair, representada por uma garota que parecia verdadeiramente pertencer a nosso grupo – agitada, sexualmente disponível, suscetível a ofensas. Julian se tornou a versão sentimentalizada dele mesmo, interpretado por um palhaço talentoso de expressão triste, que tinha um caso com Blair e depois percebe que tem de desistir dela porque eu era seu melhor amigo. "Seja bonzinho com ela", diz Julian a Clay. "Ela merece de verdade." A hipocrisia desta cena deve ter feito o escritor empalidecer. Sorrindo comigo mesmo com uma satisfação perversa quando o escritor diz essa fala, olhei para Blair no escuro da sala de projeção.

O filme escorria pela tela gigante e começou a reverberar um desassossego na plateia silenciosa. O público – o verdadeiro elenco do livro – rapidamente percebeu o que tinha acontecido. O filme deixa de lado tudo o que conferia realismo ao romance porque de maneira nenhuma os pais que mandavam no estúdio exporiam os filhos à mesma luz impiedosa do livro. O filme suplicava por nossa simpatia, enquanto o livro não dava a mínima. E a atitude com relação a drogas e sexo mudou rapidamente de 1985 a 1987 (e uma mudança de comando no estúdio não ajudou em nada), e assim o material-fonte – surpreendentemente conservador, apesar de sua aparente imoralidade – precisou ser refeito. Era melhor ver o filme como um *noir* moderno dos anos 1980 – a fotografia era de tirar o fôlego –, e eu suspirava enquanto ele se desenrolava, interessado apenas em algumas coisas: os detalhes novos e moderados de meus pais me divertiram um pouco, como divertiu Blair ver seu pai divorciado, com a namorada na véspera de Natal, e não com um cara chamado Jared (o pai morreu de AIDS em 1992, ainda casado com a mãe de Blair). Mas o que mais lembro naquela exibição em outubro vinte anos atrás foi o momento em que Julian segurou minha mão, àquela altura dormente no braço que separava nossas poltronas. Ele fez isso porque no livro Julian Wells vivia, mas no novo cenário do filme ele precisava morrer. Tinha de ser castigado por todos os seus pecados. Era o que exigia o filme. (Mais tarde, como roteirista, aprendi que os filmes só exigiam isso.) Quando esta cena apareceu, nos últimos dez minutos, Julian me olhou no escuro, assombrado.

"Eu morri", cochichou ele. "Eles me mataram." Esperei um segundo antes de suspirar: "Mas você ainda está aqui." Julian deu as costas para a tela e logo o filme terminou, os créditos rolando pelas palmeiras enquanto eu (o que era improvável) levava Blair para minha faculdade ao som de Roy Orbison gemendo uma música sobre como a vida se esvai.

O verdadeiro Julian Wells não morreu de overdose em um conversível vermelho-cereja numa rodovia em Joshua Tree enquanto um coro decolava na trilha sonora. O verdadeiro Julian Wells foi assassinado mais de vinte anos depois, o corpo desovado atrás de um prédio abandonado em Los Feliz após ele ser torturado até a morte em outro lugar. Sua cabeça foi esmagada – a cara golpeada com tanta força que parcialmente se dobrou em si mesma – e ele foi esfaqueado com tal brutalidade que o legista de Los Angeles contou 159 perfurações de três facas diferentes, muitas sobrepostas. Seu corpo foi encontrado por um grupo de garotos que iam à CalArts e estavam passando pelas ruas de Hillhurst num BMW conversível, procurando vaga para estacionar. Quando viram o corpo, pensaram que a coisa jogada atrás de uma lixeira fosse – e estou citando o primeiro artigo sobre o assassinato de Julian Wells do *Los Angeles Times*, na primeira página da seção sobre a Califórnia – "uma bandeira". Nessa palavra eu tive de parar e reler o artigo desde o começo. Os estudantes que o encontraram assim pensaram porque Julian estava com um terno branco Tom Ford (pertencia a ele, mas não era o que estava usando na noite em que foi raptado), e a reação imediata deles foi um tanto lógica, uma vez que o paletó e as calças estavam sujos de vermelho. (Julian foi despido antes de ser morto, depois o vestiram.) Mas se eles pensaram que era uma "bandeira", minha pergunta imediata foi: onde estava o azul? Se o corpo parecia uma bandeira, eu me perguntava, não teria de haver o azul? E depois percebi: estava em sua cabeça. Os estudantes pensaram ser uma bandeira porque Julian perdeu tanto sangue que sua cara amarfanhada era de um azul tão escuro que ficou quase preta.

Mas eu devia ter percebido isso antes porque, à minha maneira, eu tinha colocado Julian ali, e vi o que aconteceu com ele em outro filme – um filme muito diferente.

O Jeep azul começa a nos seguir na 405 em algum ponto entre o aeroporto de Los Angeles e a saída para Wilshire. Só percebo isto porque os olhos do motorista fitavam o retrovisor do para-brisa pelo qual estive olhando as pistas de lanternas vermelhas que jorravam para as colinas, bêbado no banco traseiro, um hip-hop sinistro tocando baixo pelos alto-falantes, meu telefone brilhando em meu colo com torpedos que eu não podia ler enviados por uma atriz que paquerei naquela mesma tarde na sala de espera da primeira classe da American Airlines no JFK (ela leu minha mão e nós dois rimos), outras mensagens de Laurie em Nova York num completo borrão. O Jeep segue o sedã pelo Sunset, passando por mansões enfeitadas de luzes natalinas enquanto eu mastigo nervoso as pastilhas de uma lata de Altoids, sem conseguir disfarçar meu bafo de gim, depois o Jeep azul também entra à direita e roda para o Doheny Plaza, seguindo-nos como uma criança perdida. Mas quando o sedã para numa guinada na frente do prédio, onde o manobrista e um segurança olham por cima dos cigarros que fumam sob uma imensa palmeira, o Jeep hesita antes de continuar pela Doheny na direção de Santa Monica Boulevard. A hesitação deixa claro que o estávamos guiando para algum lugar. Saio aos tropeços do carro e vejo o Jeep frear lentamente antes de entrar na Elevado Street. Faz calor, mas estou tremendo numa calça de moletom puída e um casaco de capuz rasgado da Nike, tudo frouxo porque emagreci no outono, as mangas molhadas de uma bebida que derramei durante o voo. É meia-noite de dezembro e eu já estou fora há quatro meses.

– Achei que aquele carro estava nos seguindo – diz o motorista, abrindo a mala. – Quando eu virava uma rua, ela virava também. Ficou na nossa cola até aqui.

– O que acha que ele queria? – pergunto.

O porteiro da noite, que não reconheço, desce a rampa que leva do saguão à entrada para me ajudar com as malas. Dou uma boa gorjeta ao motorista e ele volta para o sedã, arrancando na Doheny para pegar o próximo passageiro do aeroporto, um desembarque de Dallas. O manobrista e o segurança assentem em silêncio quando passo por eles, seguindo o porteiro até o saguão. O porteiro coloca as malas no elevador e diz antes de as portas se fecharem, interrompendo-o: "Bem-vindo de volta."

Andando pelo corredor *art déco* no décimo quinto andar do Doheny Plaza, sinto o leve cheiro de pinho, depois vejo uma grinalda que foi pendurada nas portas pretas duplas do 1.508. E dentro do apartamento uma árvore de Natal se posta discretamente no canto da sala de estar, brilhando com suas luzes brancas. Um bilhete da empregada na cozinha é um lembrete do que devo a ela, relacionando os mantimentos que ela comprou, e ao lado há uma pequena pilha de correspondência que não foi encaminhada ao novo endereço de Nova York. Comprei o apartamento dois anos antes – saindo do El Royale depois de uma década de aluguel – dos pais de um garotão rico de West Hollywood que tinha redecorado o lugar quando morreu inesperadamente dormindo, depois de uma noitada em boates. O decorador que o rapaz contratou terminou o trabalho, e os pais do morto o colocaram à venda às pressas. Minimamente decorado em bege e cinza suaves, com piso de tábuas corridas e luzes embutidas, tinha apenas 112 metros quadrados – uma suíte master, um escritório, uma sala de estar imaculada dando para uma cozinha futurista e estéril –, mas toda a parede de vidraça que cobria a sala de estar na verdade era uma porta corrediça dividida em cinco painéis que abro para deixar sair o ar do apartamento, onde a sacada ampla de piso frio branco dá para uma vista épica da cidade que se estende dos arranha-céus no centro, os bosques escuros de Beverly Hills, as torres de Century City e Westwood, até Santa Monica e a margem do Pacífico. A vista é impressionante sem se tornar um estudo do isolamento; é mais privativa do que a de um amigo que morava na Appian Way, tão acima da cidade que parecia se olhar um mundo vasto e abandonado disposto em grades e quadrantes anônimos, uma vista que confirmava que você estava muito mais só do que pensava, uma vista que inspirava ideias esporádicas de suicídio. A vista do Doheny Plaza é tão palpável que quase podemos tocar os azuis e verdes do design center de Melrose. Como estou tão acima da cidade, é um bom lugar para me esconder quando trabalho em Los Angeles. Esta noite o céu está tingido de violeta e há neblina.

Depois de me servir de um copo de Grey Goose que ficou no freezer quando escapei em agosto último, estou prestes a acender as luzes da sacada, mas paro e entro lentamente em sua sombra. O Jeep azul está parado na esquina da Elevado com a Doheny. De dentro do Jeep, brilha um celular. Percebo que a mão que não segura a vodca agora está cerrada em punho. O medo volta enquanto eu olho o Jeep. E depois um clarão: alguém acende um cigarro. Atrás de mim, o telefone toca. Eu não atendo.

O motivo para eu me vender e voltar a Los Angeles: a escalação do elenco para *The Listeners*. O produtor que me comprou para adaptar o romance complicado em que se baseia ficou tão aliviado quando concebi o roteiro que contratou quase de pronto um diretor entusiasmado, e nós três atuávamos como colaboradores (mesmo depois de uma negociação tensa em que meu advogado e agente insistia que eu também recebesse crédito pela produção). Eles já haviam escalado os quatro protagonistas adultos, mas seus filhos eram papéis mais espinhosos e mais específicos, e diretor e produtor queriam minha opinião. Este é o motivo oficial para minha presença em Los Angeles. Mas, na verdade, voltar à cidade é uma desculpa para fugir de Nova York e tudo o que aconteceu comigo lá naquele outono.

O celular vibra em meu bolso. Olho-o com curiosidade. Uma mensagem de texto de Julian, com quem não tenho nenhum contato há mais de um ano. *Quando voltou? Está aqui? Quer sair?* Quase automaticamente toca o telefone fixo. Entro na cozinha e olho o fone. NOME PRIVADO. NÚMERO PRIVADO. Depois de quatro toques, quem está chamando desliga. Quando olho para fora de novo, a neblina flutua sobre a cidade, envolvendo tudo.

Entro em meu escritório sem acender a luz. Verifico e-mails de todas as contas: lembrete de um jantar com os alemães que financiam um roteiro, outra reunião com o diretor, meu agente de TV perguntando se já terminei o piloto da Sony, alguns jovens atores querendo notícias de *The Listeners*, uma série de convites a várias festas de Natal, meu trainer da Equinox – que soube por outro cliente que voltei – perguntando se eu gostaria de marcar alguma sessão. Tomo um Ambient para dormir porque não tenho vodca suficiente. Quando vou à janela do quarto e olho para a Elevado, o Jeep está saindo, com os faróis acesos, e entra na Doheny, depois vai para o Sunset, e no closet encontro algumas coisas deixadas por uma garota que andou por aqui no verão passado, e de repente não quero pensar onde ela pode estar agora. Recebo outro torpedo de Laurie: *Ainda me quer?* São quase quatro da manhã no apartamento da Union Square. Tanta gente morreu no ano passado: a overdose acidental, o acidente de carro em East Hampton, a doença surpresa. As pessoas simplesmente desapareceram. Durmo com a música vindo do Abbey, uma canção do passado, "Hungry Like the Wolf", subindo um pouco acima do falatório entrecortado da boate, transportando-me longamente a alguém ao mesmo tempo jovem e velho. Tristeza: está em toda parte.

A estreia será esta noite no Chinese e o filme tem algo a ver com a luta contra o mal, uma situação armada com tanta obviedade que o filme fica seguramente vago de uma maneira que motivará o estúdio a investir em prêmios; na verdade já existe uma campanha para isso, e estou com o diretor e o produtor de *The Listeners* e seguimos com o resto da multidão por Hollywood Boulevard para a *after-party* no Roosevelt, onde paparazzi grudam na entrada do hotel, e de pronto pego um drinque no bar enquanto o produtor desaparece no banheiro e o diretor fica do meu lado, falando ao telefone com a mulher, que está na Austrália. Quando olhou o salão de luzes baixas, retribuindo o sorriso de desconhecidos, o medo retorna e logo está em toda parte, avançando sem parar: está no imenso sucesso do filme que acabamos de ver, nas perguntas sedutoras de jovens atores sobre possíveis papéis em *The Listeners*, nos torpedos que eles mandam ao se afastarem, as caras brilhando à luz do celular enquanto atravessam o saguão gigantesco, e está nos bronzeados de spray e nos dentes brancos descoloridos. *Estive em Nova York nos últimos quatro meses* é o mantra, minha máscara, um sorriso inexpressivo. Por fim o produtor aparece de trás de uma árvore de Natal e diz, "Vamos dar o fora daqui", depois fala de umas festas nas montanhas, Laurie continua me mandando torpedos de Nova York (*Oi. E aí.*) e não consigo tirar da cabeça que alguém nesta sala está me seguindo. De repente os flashes de câmeras são uma distração, mas o leve medo volta quando percebo que quem estava naquele Jeep azul ontem à noite deve estar no meio de toda essa gente.

Fomos para oeste pelo Sunset no Porsche do produtor e entramos na Doheny para a primeira das duas festas em que Mark quer passar, o diretor nos seguindo num Jaguar preto, e começamos a passar acelerados pelas ruas até acharmos um manobrista. Pequenos abetos decorados cercam o bar em que finjo ouvir um ator sorridente me contar o que ele está descolando e olho como bêbado uma linda garota que está com ele, as canções natalinas do U2 inundando tudo, caras com ternos Band of Outsiders sentados num sofá marfim de encosto baixo cheiram umas carreiras no tampo de vidro de uma mesa comprida e quando alguém me oferece fico tentado, mas declino sabendo aonde vai me levar. O produtor, de porre, precisa passar em outra festa em Bel Air, e estou bêbado o bastante para deixar que ele me leve desta, embora haja uma vaga possibilidade de transar com alguém por aqui. O produtor quer encontrar alguém na festa de Bel Air, em Bel Air são negócios, sua presença em Bel Air deve provar algo sobre seu status, e meus olhos vagam para os caras que mal têm idade para dirigir nadando na piscina aquecida, meninas de fio dental e saltos altos recostadas na Jacuzzi, esculturas de anime em todo lugar, um mosaico de juventude, um lugar a que você não pertence mais.

Na casa na área mais alta de Bel Air, o produtor se perde de mim e vou de cômodo em cômodo; fico desorientado por um momento quando vejo Trent Burroughs e tudo se complica quando tento me sintonizar com a festa, depois percebo, sóbrio, que é nesta casa que moram Trent e Blair. Não tenho saída a não ser tomar outro drinque. É um consolo que eu não esteja dirigindo. Trent está com um empresário e dois agentes – todos gays, um noivo de uma mulher, os outros dois ainda no armário. Sei que Trent está dormindo com o agente júnior, o louro de dentes brancos falsos, tão insipidamente bonito que nem chega a ser uma variação sobre o tema. Percebo que não tenho nada a dizer a Trent Burroughs ao falar, "Estive em Nova York nos últimos quatro meses". Uma música New Age de Natal não consegue esquentar o astral gelado. De repente fico inseguro com tudo.

Trent me olha e assente, um tanto perplexo com minha presença. Ele sabe que precisa dizer alguma coisa.

– E aí, que ótimo *The Listeners*. Está mesmo acontecendo.

– Foi o que me disseram.

Depois que a não conversa se inicia, entramos numa área nebulosa sobre supostos amigos nossos, alguém chamado Kelly.

– Kelly sumiu – diz Trent, agora tenso. – Soube de alguma coisa?

– Ah, sim? – pergunto, e depois: – Espere, o que quer dizer?

– Kelly Montrose. Ele desapareceu. Ninguém consegue localizar o cara.

Pausa.

– O que houve?

– Ele foi para Palm Springs – diz Trent. – Acham que deve ter conhecido alguém na internet.

Trent parece esperar uma reação. Eu o encaro também.

– Que estranho – murmuro sem nenhum interesse. – Ou... ele tende a esse tipo de coisa?

Trent me olha como se algo tivesse se confirmado e revela sua repugnância:

– Se ele *tende*? Não, Clay, ele não *tende* a coisas assim.

– Trent...

Afastando-se de mim, Trent fala:

– Ele deve estar morto, Clay.

Na varanda que dá para a imensa piscina iluminada cercada de palmeiras envoltas em luzes brancas de Natal estou fumando um cigarro, olhando outro torpedo de Julian. Levanto a cabeça do telefone quando uma sombra sai devagar do escuro e é um momento tão dramático – sua beleza e minha reação subsequente a ela – que tenho de rir, e ela se limita a me olhar, sorrindo, talvez bêbada, talvez doidona. Esta é uma garota que em geral me daria medo, mas não esta noite. O visual é louro e saudável, do Meio-Oeste, nitidamente americana, não costuma fazer meu gênero. Ela evidentemente é atriz, porque as meninas com essa aparência não estão aqui por outro motivo, e ela me olha como se tudo não passasse de uma provocação. Então essa eu ganhei.

– Quer fazer um filme? – pergunto a ela, gingando.

A menina ainda sorri.

– Por quê? Tem algum filme em que queira me colocar?

Depois o sorriso fica paralisado e rapidamente some enquanto ela olha atrás de mim.

Eu me viro e semicerro os olhos para a mulher que vem na nossa direção, iluminada por trás pela sala que está deixando.

Quando me volto para a garota, ela está se afastando, a silhueta em destaque pelo brilho da piscina, e de algum lugar no escuro ouço os respingos de uma fonte, depois a menina é substituída.

– Quem era essa? – pergunta Blair.

– Feliz Natal.

– Por que está aqui?

– Fui convidado.

– Não. Não foi.

– Uns amigos meus me trouxeram.

– Amigos? Meus parabéns.

– Feliz Natal. – De novo é só o que posso dizer.

– Quem era a garota que estava falando com você?

Eu me viro e olho o escuro.

– Não sei.

Blair suspira.

– Pensei que você estivesse em Nova York.

– Eu fico indo e vindo.

Ela me olha.

– Tá. – E depois digo: – Você e Trent ainda são felizes?

– Por que está aqui hoje? Quem estava com você?

– Eu não sabia que esta casa era sua – digo, virando a cara. – Desculpe.

– Por que não sabe dessas coisas?

– Porque você não fala comigo há dois anos.

Outro torpedo de Julian diz para me encontrar com ele no Polo Lounge. Sem querer voltar ao apartamento, peço ao produtor para me deixar no Beverly Hills Hotel. Lá fora, no terraço, perto de um aquecedor, Julian está sentado em uma mesa, a cara brilhando ao mandar uma mensagem de texto a alguém. Ele levanta a cabeça, sorri. Assim que me sento aparece um garçom e peço um Belvedere com gelo. Quando lanço a Julian um olhar inquisitivo, ele dá um tapinha numa garrafa de água Fiji que eu não tinha visto e diz:

– Não estou bebendo.

Eu assimilo a informação e reflito um pouco.

– Porque... tem que dirigir?

– Não – diz ele. – Estou sóbrio há mais ou menos um ano.

– Isso é meio drástico.

Julian olha o telefone, depois para mim.

– E como está indo? – pergunto.

– É duro. – Ele dá de ombros.

– Agora está mais animado?

– Clay...

– Podemos fumar aqui fora?

O garçom traz a bebida.

– Como foi a estreia? – pergunta Julian.

– Nem uma alma à vista. – Suspiro, examinando o copo de vodca.

– E voltou de Nova York por quanto tempo?

– Ainda não sei.

Ele tenta de novo:

– Como está indo *The Listeners*? – pergunta ele com um súbito interesse, tentando me levar para o mesmo mundo.

Olho para ele, depois respondo com cautela:

– Progredindo. Estamos selecionando o elenco. – Espero o máximo que posso, depois viro a bebida e acendo um cigarro. – Por algum motivo o produtor e o diretor pensam que minha opinião é importante. *Valiosa*. Eles são *artistas*. – Dou um trago no cigarro. – Que piada.

– Eu acho legal – diz Julian. – É uma questão de controle, não é? – Ele reflete um pouco. – Não é uma piada. Você deveria levar a sério. Quer dizer, você também é um dos produtores...

Eu o interrompo:

– Por que quer saber?

– É muito importante e...

– Julian, é só um filme – digo. – Por que você queria saber disso? É só outro filme.

– Talvez para você.

– Como assim?

– Talvez para outros seja outra coisa – diz Julian. – Algo mais significativo.

– Entendo de onde tirou isso, mas tem um vampiro nele.

Lá dentro, um pianista toca riffs jazzísticos de canções natalinas. Concentro-me nisto. Já estou ausente de tudo. É aquela hora da noite em que entrei na zona morta e não vou sair.

– O que houve com aquela garota que você estava vendo? – pergunta ele.

– Laurie? De Nova York?

– Não, daqui. No verão passado. – Ele faz uma pausa. – A atriz.

Tento me calar, mas não consigo.

– Meghan – digo despreocupadamente.

– Isso mesmo. – Ele arrasta as palavras.

– Não tenho a menor ideia. – Levanto o copo, balançando o gelo.

Julian me fita com inocência, arregalando um pouco os olhos. Isto deixa claro que ele tem informações que quer me dar. Percebo que me sentei ali, naquela mesma mesa, numa tarde com Blair, em uma época diferente, algo de que não me lembraria se não a tivesse visto esta noite.

– Estamos dispersos de novo, Julian? – Suspiro. – Vamos rodar outra cena?

– Olha, você ficou fora por muito tempo e...

– Como pode saber disso? – perguntei de repente. – Você e eu não nos víamos na época.

– Como assim? – pergunta ele. – Eu te vi no verão passado.

– Como sabe de Meghan Reynolds?

– Alguém me contou que você a estava ajudando a... dando uma oportunidade de...

– Estávamos fodendo, Julian.

– Ela disse que você...

– Não ligo para o que ela disse. – Eu me levanto. – Todo mundo mente.

– Ei – disse ele com brandura. – É só um código.

– Não. Todo mundo mente. – Apago o cigarro.

– É só outra língua que você precisa aprender. – Depois ele acrescenta delicadamente: – Acho que você precisa de um café, cara. – Pausa. – Por que está tão irritado?

– Vou dar o fora daqui, Julian. – Começo a me afastar. – Como sempre, um erro completo.

Um Jeep azul me segue do Beverly Hills Hotel até onde o táxi me deixa, na frente do Doheny Plaza.

Algo mudou desde que estive aqui há sete horas. Ligo para o porteiro enquanto olho a mesa de meu escritório. O computador está ligado. Não estava quando saí. Estou olhando a pilha de papéis ao lado do computador. Quando o porteiro atende, estou olhando uma faquinha usada para abrir envelopes que foi colocada em cima da pilha de papéis. Estava numa gaveta quando fui para a estreia. Desligo o telefone sem dizer nada. Andando pelo apartamento, pergunto "Tem alguém aqui?". Curvo-me sobre o edredom no quarto. Passo a mão nele. Tem um cheiro diferente. Verifico a porta pela terceira vez. Trancada. Olho a árvore de Natal por mais tempo do que deveria e pego o elevador para o saguão.

O porteiro da noite está sentado à mesa da recepção no saguão profusamente iluminado. Vou até ele, sem saber o que dizer. Ele levanta a cabeça de uma TV pequena.

– Alguém esteve no meu apartamento? – pergunto. – Esta noite? Enquanto estive fora?

O porteiro olha o registro de entrada.

– Não. Por quê?

– Acho que alguém esteve lá.

– O que quer dizer? – pergunta o porteiro. – Não entendo.

– Acho que alguém esteve no meu apartamento enquanto fiquei fora.

– Eu fiquei aqui a noite toda – diz o porteiro. – Ninguém passou.

Fico parado ali. O som de um helicóptero ruge sobre o prédio.

– De qualquer maneira, não pode ter entrado no elevador sem que eu tivesse aberto a porta para ele – diz o porteiro. – Além disso, o Bobby está lá fora. – Ele gesticula para o segurança que anda lentamente pela calçada. – Tem certeza de que alguém esteve lá? – Ele parece achar graça. Percebe que estou bêbado. – Talvez não tenha sido ninguém – diz ele.

Pare por aí, aviso a mim mesmo. Deixe pra lá. Pare com tudo agora. Ou os sinos vão começar a tocar.

– As coisas estavam fora de lugar – murmuro. – Meu computador estava ligado...

– Falta alguma coisa? – pergunta o porteiro, agora francamente se divertindo à minha custa. – Quer que eu chame a polícia?

Num tom neutro:

– Não. – Depois digo de novo: – Não.

– A noite foi muito tranquila.

– Bom... – Estou recuando. – Que bom.

Uma atriz que conheci nos testes de elenco esta manhã está almoçando comigo no Comme Ça. Quando ela entra na sala do diretor de elenco em Culver City, de imediato provoca o zumbido constante de ameaça que me deixa estupefato, que age como uma máscara para eu aparentar a calma de uma nulidade. Não sei de seu agente ou da empresa que a representa – ela veio como um favor a alguém –, e estou pensando em como as coisas seriam diferentes se eu soubesse. Algumas tensões se dissipam, mas sempre são substituídas por novas. Ela bebe uma taça de champanhe, ainda estou de óculos escuros e ela fica mexendo no cabelo e falando vagamente de sua vida. Mora em Elysian Park. É hostess do Formosa Café. Giro em minha cadeira enquanto ela responde a um torpedo. Ela percebe e dá uma desculpa. Não é timidez, não exatamente, mas é premeditado. Como se tudo o mais que ela fez exigisse uma reação.

– E o que vai fazer no Natal? – pergunto a ela.

– Ver minha família.

– Vai ser divertido?

– Depende. – Ela me olha inquisitivamente. – Por quê?

Dou de ombros.

– Só estou interessado.

Ela mexe no cabelo de novo: louro, fez escova. Um guardanapo fica um tanto sujo depois de ela limpar a boca. Menciono as festas a que fui na noite anterior. A atriz fica impressionada, em especial com a festa em que passei primeiro. Diz que amigos dela estavam nessa festa. Diz que queria ter ido, mas precisava trabalhar. Queria que eu confirmasse se certo ator jovem estava lá. Quando digo que sim, sua expressão me faz perceber uma coisa. Ela nota.

– Desculpe – diz ela. – Ele é um idiota.

Algumas pessoas naquela festa, acrescenta ela, são uns monstros, depois fala de uma droga de que nunca ouvi falar e me conta uma história que envolve máscaras de esqui, zumbis, um furgão, correntes, uma comunidade secreta e me pergunta sobre uma hispânica que desapareceu em algum deserto. Joga o nome de uma atriz que não conheço. Estou tentando continuar focalizado, tentando me agarrar ao momento, sem querer perder o romance de tudo isso. *Concealed*, um filme que roteirizei, surge na conversa. Depois entendo a ligação: ela perguntou sobre o jovem ator com a garota linda que eu encarara porque ele tinha um pequeno papel em *Concealed*.

– Na verdade eu não quero saber. – Estou olhando o trânsito na Melrose. – Não fiquei muito tempo. Tive de ir a outra festa. – E de repente me lembro da outra saindo das sombras em Bel Air. Fico surpreso por ela ter ficado comigo e que sua imagem tenha durado tanto tempo.

– Como acha que foi? – pergunta ela.

– Achei você ótima – digo. – Já lhe falei isso.

Ela ri, satisfeita. Pode ter uns vinte anos. Pode ter uns trinta. Não dá para saber. E se desse, seria o fim de tudo. Destino. "Destino" é a palavra em que estou pensando. A atriz murmura uma fala de *The Listeners*. Cuidei para o que o produtor e o diretor não se interessassem por ela para o papel em que foi testada antes de convidá-la para sair. Este é o único motivo para ela estar comigo no almoço, e eu estive aqui tantas vezes, percebo que haverá outra estreia esta noite e que vou me encontrar com o produtor em Westwood às seis. Olho o relógio. Mantive a tarde em aberto. A atriz seca o champanhe. Um garçom atencioso e bonito completa a taça de novo. Não precisei beber nada porque alguma coisa no almoço agia em mim. Ela precisa levar isso ao nível seguinte se quiser se dar bem em alguma coisa.

– Está feliz? – pergunta ela.

Sobressaltado, digo:

– Estou. E você?

Ela se curva para frente.

– Poderia estar.

– O que quer fazer? – Olho-a bem nos olhos.

Passamos uma hora no quarto do apartamento do décimo quinto andar do Doheny Plaza. Uma hora basta. Depois ela diz que se sente desligada da realidade. Digo-lhe que isso não tem importância. Fico vermelho quando ela me diz que minhas mãos são bonitas.

A estreia é no Village, e a *after-party*, de produção esmerada e extravagante, no W Hotel. (Devia ser no Napa Valley Grill – como superlotou, foi transferida para este lugar menos acessível, porém maior.) Sermos obrigados a ver as pessoas fingirem gritos e prantos por duas horas e meia nos empurra a uma distância sombria e precisamos de um dia para sair dela. Mas acho o filme bem-feito e coerente (o que é sempre um milagre), embora em geral eu tenha de insistir em pensamentos horríveis para continuar acordado. Estou perto da piscina, falando com uma jovem atriz sobre o jejum e sua rotina de ioga e que ela deve estar superanimada por participar de um filme sobre sacrifícios humanos, e a timidez inicial – aparente nos olhos grandes e mansos – é estimulante. Mas depois dizemos a coisa errada e aqueles olhos revelam uma desconfiança inata, mesclada com uma persistente curiosidade que todos aqui partilham, ela devaneia e, olhando para o hotel, encerrado na multidão, agarrado a meu telefone, começo a contar quantos quartos estão iluminados e quantos não estão, dando-me conta de que transei com cinco pessoas diferentes neste hotel, uma delas agora morta. Pego um sushi de uma bandeja que passa. "Bom, você conseguiu", digo ao executivo que permitiu que este filme fosse feito. Daniel Carter, que conheço desde nosso primeiro ano na Camden, é diretor, mas nossa amizade está gasta e ele andou me evitando. E esta noite entendo o porquê:

ele está com Meghan Reynolds, então não posso dar os falsos parabéns que preparei. Daniel vendeu seu primeiro roteiro quando tinha 22 anos e não tem tido problemas com sua carreira desde então.

– Ela estava vestida como uma adolescente – diz Blair. – Acho que porque é uma.

Dou uma espiada em Blair, depois volto a olhar Meghan e Daniel do outro lado da multidão.

– Não vou entrar nessa com você.

– Todo mundo tem de tomar decisões, não é?

– Seu marido me odeia.

– Não, não odeia.

– Tinha uma menina na sua casa, na festa... – A necessidade de perguntar sobre isso é tão física que não consigo reprimir. Viro-me para Blair. – Deixa pra lá.

– Soube que você tomou uns drinques com Julian na noite passada – diz Blair. Ela olha a piscina, o título do filme cintilando no fundo em gigantescos caracteres cursivos.

– Você *soube*? – Acendo um cigarro. – Como *saberia* se Julian não tivesse te contado?

Blair não diz nada.

– Então ainda tem contato com Julian? – pergunto. – Por quê? – Faço uma pausa. – O Trent sabe? – Outra pausa. – Ou isso é só um... detalhe?

– O que está querendo dizer?

– Que estou surpreso por você estar falando comigo.

– Só queria te avisar sobre ele. É só isso.

– Me avisar? Do quê? – pergunto. – Já passei por toda essa história do Julian. Acho que posso cuidar disso.

– Não é nada demais – diz ela. – Se puder me fazer o favor de não falar com Julian se ele tentar entrar em contato, tudo ficará muito mais fácil. – E depois, para dar ênfase, acrescenta: – Eu agradeceria muito.

– O que Julian anda fazendo ultimamente? Ouvi um boato de que ele tem um serviço de prostituição de adolescentes. – Faço uma pausa. – Parecido com os velhos tempos.

– Olha, se puder fazer só essa coisinha, eu agradeceria de verdade.

– É pra valer? Ou só uma desculpa para falar comigo de novo?

– Você podia ter ligado. Podia ter... – Sua voz falha.

– Eu tentei – digo. – Mas você estava chateada.

– Chateada, não – diz ela. – Só... decepcionada. – Ela para. – Você não se esforçou muito.

Por alguns segundos ficamos em silêncio e é uma variação fria e menor sobre tantas conversas que tivemos e estou pensando na loura na varanda, imaginando o que Blair pensou na última vez em que transei com ela. Esta disparidade deveria me assustar, mas não assusta. Depois Blair está falando com um cara da CAA e uma banda começa a tocar, o que entendo como minha deixa para ir embora, mas na verdade o que me convence a sair da festa é o torpedo que recebo subitamente, *Estou de olho em você.*

Junto ao manobrista na frente do hotel, Rip Millar me pega pelo braço enquanto estou mandando o torpedo *Quem é?* e preciso me afastar, porque fico alarmado demais com sua aparência. No início, não reconheço Rip. Seu rosto está artificialmente liso, remodelado de tal maneira que os olhos estão arregalados numa surpresa perpétua; é um rosto que imita um rosto, e parece agoniado. Os lábios são grossos demais. A pele é laranja. O cabelo é tingido de amarelo e recebeu gel com primor. Ele parece ter sido mergulhado rapidamente em ácido; as coisas despencaram, a pele foi retirada. É de um grotesco quase provocador. Ele toma drogas, penso. Tem de tomar para estar com essa aparência. Rip está com uma garota tão nova que a confundo com sua filha, mas depois lembro que Rip não teve filhos. A menina se operou tanto que ficou deformada. Rip já foi bonito e sua voz é o mesmo sussurro de quando ele tinha 19 anos.

– E aí, Clay – diz Rip. – Por que voltou à cidade?

– Porque moro aqui – digo.

O semblante de Rip me examina calmamente.

– Pensei que passasse a maior parte do tempo em Nova York.

– Eu quis dizer que fico indo e vindo.

– Soube que conheceu uma amiga minha.

– Quem?

– É – diz ele com um sorriso medonho, a boca cheia de dentes que são brancos demais. – Soube que você fez a menina.

Eu só quero ir embora. O medo está formigando. O BMW preto de repente se materializa. Um manobrista mantém a porta aberta. A cara horrível me obriga a olhar para qualquer lugar, menos para ela.

– Rip, eu preciso ir. – Gesticulo impotente para meu carro.

– Vamos jantar enquanto estiver em Los Angeles – diz Rip. – É sério.

– Tudo bem, mas agora preciso mesmo ir.

– *Descansado* – ele me diz.

– O que isso significa?

– *Descansado* – diz Rip. – Quer dizer "vai com calma" – sussurra ele, agarrando a menina que tem ao lado.

– É?

– Quer dizer relaxe.

Acontece outra vez. Enquanto espero a chegada da garota, abro a geladeira para pegar uma garrafa de vinho branco quando noto que falta uma Diet Coke, caixas e vidros foram rearrumados e estou dizendo a mim mesmo que isto não é possível, e depois de olhar o apartamento em busca de mais pistas, talvez não seja mesmo. Só quando olho a árvore de Natal e finalmente ouço os ossos batendo na vidraça: uma carreira de luzes desconectadas de outras foi desligada, deixando um fio preto e irregular na árvore acesa. Este é o detalhe que anuncia: você foi avisado. Este é o detalhe que diz: eles querem que você saiba. Bebo um copo de vodca, depois outro. *Quem é?*, digito o torpedo. Um minuto depois recebo uma resposta de um número bloqueado aniquilando qualquer paz que o álcool pudesse trazer: *Prometi a alguém que não contaria a você.*

Rodo pela Grove para almoçar com Julian, que me disse por mensagem de texto que estava a uma mesa ao lado do Pinkberry no Farmers Market. *Pensei que você disse que eu era um erro completo*, digitou ele de volta quando lhe mandei um e-mail mais cedo. *Talvez seja, mas ainda quero te ver*, foi minha resposta. Insisto em ignorar a sensação de ser seguido. Insisto em ignorar os torpedos do número bloqueado me dizendo *Estou de olho em você*. Digo a mim mesmo que os torpedos vêm do morto cujo apartamento eu comprei. É mais fácil assim. Esta manhã a garota que chamei quando cheguei do W Hotel estava dormindo no quarto. Eu a acordei e disse que ela precisava sair porque a empregada estava chegando. Nos testes de elenco, só havia homens e, embora eu não estivesse exatamente entediado, não precisava estar lá, e no carro flutuavam constantemente músicas comentando tudo o que era neutro encerrado no quadro do para-brisa (*... um dia você estava batendo em jovens violentos...*, zumbia o letreiro digital no Sunset, anunciando o novo filme da Pixar), e o medo cresce numa fúria muda e não há alternativa a não ser se consumir numa tristeza simples e viciante. O braço de Daniel na cintura de Meghan Reynolds às vezes bloqueia a visão dos sinais de trânsito. Depois é a loura na varanda. Agora quase sempre é sua imagem o que desvia tudo.

– Você sabia que Meghan Reynolds estava com Daniel – digo. – Eu os vi ontem à noite. Você sabia que eu fiquei com ela no verão. Também sabia que ela estava com Daniel agora.

– Todo mundo sabe – diz Julian, confuso. – E daí?

– Eu não sabia – digo. – Todo mundo? O que isso quer dizer?

– Quer dizer que eu acho que você não estava prestando atenção.

Passo a conversa para o motivo de eu estar no Farmers Market com ele. Faço-lhe uma pergunta sobre Blair. Há uma pausa um tanto longa. A afabilidade costumeira de Julian é eliminada com a pergunta.

– Acho que estamos envolvidos – diz ele por fim.

– Você e Blair?

– É.

– Ela não quer que você fale comigo – digo. – Ela me avisou, na verdade, para não falar com você.

– Blair te pediu para não falar comigo? Ela *avisou* você? – Ele suspira. – Ela deve estar magoada de verdade.

– Por que está tão magoada?

– Ela não te disse por quê? – pergunta ele.

– Não – digo. – E eu não perguntei.

Julian me lança um rápido olhar com certa preocupação, depois passa.

– Porque comecei a ver outra pessoa e foi difícil para ela quando eu terminei.

– Quem era a garota?

– É uma atriz. Trabalha naquele lounge em La Cienega.

– O Trent sabe?

– Ele não se importa – diz Julian. – Por que está me perguntando isso?

– Porque ele se importava quando era eu – digo. – E ainda não esfriou. Quer dizer, não sei por quê. – Faço uma pausa. – O Trent tem suas próprias... propensões.

– Acho que era outra coisa.

– Que... outra coisa?

– Que Blair ainda gosta de você.

Quando Julian fala de novo, sua voz é mais urgente:

– Olha, eles têm uma família. Têm filhos. Eles conseguiram. Eu nunca devia ter ido lá, mas... Nunca pensei que a magoaria. – Ele para. – Quer dizer, era você que sempre a magoava mais. – Ele faz uma pausa antes de acrescentar: – Era você que sempre fazia isso.

– É – digo. – Desta vez ela ficou quase dois anos sem falar comigo.

– Minha situação é mais... sei lá, típica. Algo que é de esperar – diz Julian. – A garota que conheci era bem mais nova e... – Isto parece lembrar Julian de alguma coisa. – Como foram os testes de elenco desta manhã?

– Você sabia que houve testes de elenco hoje de manhã?

Julian fala de um amigo dele que fez o teste.

– Por que você conhece atores de 21 anos?

– Porque eu moro aqui – diz ele. – E ele não tem 21 anos.

Estamos parados ao lado do Audi de Julian no estacionamento da Fairfax. Volto a Culver City quando ele menciona vagamente uma reunião, e percebo que não perguntei nada sobre sua vida, mas depois não me importo nem um pouco. Estou prestes a ir embora quando de repente pergunto a Julian:

– Mas que merda aconteceu com Rip Millar?

À menção do nome, a expressão de Julian fica calma demais.

– Não sei – diz ele. – Por que me pergunta?

– Porque ele parece uma aberração – digo. – Fiquei com medo de verdade.

– Do que está falando?

– Ele é um filme de terror – digo. – Pensei que ia começar a babar.

– Soube que ele herdou uma boa grana. Dos avós dele. – Julian faz uma pausa. – Investimentos em imóveis. Ele está abrindo uma boate em Hollywood... – Anuncia-se uma irritação que nunca detectei em Julian. Depois Julian me conta despreocupadamente uma história que ouviu sobre um culto secreto que estimula seus integrantes a morrerem de fome, uma espécie de prazer na tortura, algo do tipo *até que ponto você vai?*, e que Rip Millar tinha alguma ligação indireta com eles.

– Rip falou alguma coisa sobre eu ter conhecido uma amiga dele – murmuro.

– Ele disse o nome?

– Não perguntei – digo. – Não queria saber quem era.

Noto que a mão de Julian treme quando ele a passa de leve no cabelo.

– Olha, não conte a Blair que me encontrou, tá legal? – diz ele por fim.

Julian me olha de um jeito estranho.

– Eu não falo mais com a Blair.

Eu suspiro.

– Julian, ela soube que você e eu estávamos no Polo Lounge outra noite.

A expressão de Julian é tão inteiramente inocente que acredito nele.

– Eu não falo com a Blair desde junho. – Julian está totalmente relaxado. Seus olhos não hesitam. – Nem tive nenhum contato com ela por mais de seis meses, Clay. – Ele reage à minha expressão. – Eu não contei a ela que estávamos no Polo Lounge outra noite.

É um intervalo e estou ouvindo um recado que Laurie deixou no meu celular ("Se você não quer falar comigo, pelo menos me diz por quê...") quando o deleto pela metade. As salas da direção de elenco cercam uma piscina, e estão cheias de meninos e meninas nos testes para os três papéis restantes. Interesse repentino por um jovem ator em ascensão, cujo mais recente filme "causou frisson em Toronto" e pegou um dos papéis disponíveis, o do filho de Kevin Spacey. Só um menino das dezenas vistas ontem conseguiu a aprovação da equipe para o outro papel masculino. Jon, o diretor, não para de reclamar das meninas. Desde que *The Listeners* foi rodado em meados dos anos 1980, ele tem problemas com o corpo delas.

– Não sei o que está havendo – diz ele. – Essas meninas estão sumindo.

– Como assim? – pergunta o produtor.

– Magras demais. Os peitos falsos não ajudam em nada.

Jason, o diretor de elenco, diz:

– Bom, eles *ajudam sim*. Mas eu entendi.

– Não sei do que está reclamando – diz o produtor na cara de pau.

– Tudo parece tão doentio – diz o diretor. – E não é uma fase, Mark.

A conversa se volta para a atriz que desmaiou ao voltar para o carro depois dos testes de ontem – estresse, desnutrição – e depois para o jovem ator sendo avaliado para fazer o filho de Jeff Bridges.

– E Clifton? – diz o diretor. Jason tenta mudar o foco do diretor para outros atores, mas o diretor insiste.

Foi Clifton que eu defendi com ardor para estrelar *Concealed*, aquele que levei ao Doheny quando descobri que ele namorava uma atriz que me interessava e não mostrou interesse por mim porque não havia nada que eu pudesse oferecer a ela. Ficou claro o que Clifton precisava fazer se quisesse que eu o defendesse. O ator me olhou com uma raiva gelada no lounge de um restaurante em La Cienega. "Não estou procurando homem", disse o ator. "E mesmo que estivesse, não seria você." Na linguagem jovial dos homens, sugeri que se ele não cedesse, eu faria com que ele não conseguisse o papel. Houve tão pouca hesitação que o momento se tornou ainda mais inquietante do que eu pretendia inicialmente. O ator simplesmente suspirou, "Vamos nessa". Eu não saberia dizer se a indiferença era real ou fingida. Ele planejava uma carreira. Aquele era um passo necessário. Só outro personagem que ele representaria na cama do décimo quinto andar do Doheny Plaza naquela noite. O BlackBerry na mesa de cabeceira não parava de piscar, o bronzeado artificial e o cu depilado, o traficante no Valley que nunca aparecia, as queixas de bêbado sobre o Jaguar que tinha de ser vendido – os detalhes eram tão corriqueiros que podia ser qualquer um. O mesmo ator apareceu esta manhã e sorriu brevemente para mim, fez uma leitura insegura, melhorou um pouco na segunda leitura. Sempre que eu o via numa festa ou num restaurante, ele me evitava com naturalidade, mesmo quando lhe ofereci minhas condolências por sua namorada, a jovem atriz que eu queria, que teve uma overdose de medicamentos. Como a atriz tinha um pequeno papel num programa de TV de sucesso, sua morte foi reconhecida.

– Ele tem 24 anos – queixa-se Jason.

– Mas ainda é bonitinho. – O diretor menciona os rumores sobre a orientação sexual de Clifton, um suposto bico num site pornô anos antes, um boato sobre um ator muito famoso e um encontro em Santa Barbara e a negação de Clifton numa matéria de capa da *Rolling Stone* sobre o novo filme do ator muito famoso em que Clifton tinha um pequeno papel: "Gostamos tanto de mulher; isso é ridículo."

– Nunca senti nenhuma vibe gay – diz o diretor. – Acho que ele está mais macho.

E depois voltamos o foco às meninas.

– Quem vamos ver agora?

– Rain Turner – diz alguém.

Curioso, desvio os olhos das mensagens de Laurie que continuo deletando e pego a foto de um rosto. Assim que a ergo da mesa, entra a menina da varanda da casa de Blair e Trent em Bel Air e tenho de fingir que não estou vidrado. Os olhos azuis complementam uma blusa azul de decote em V e uma minissaia azul-marinho, algo que uma menina teria usado em 1985, quando se passa o filme. De imediato as apresentações são feitas e começa o teste – ruim, estridente, monótono, cada fala precisa ser relida para ela pelo diretor –, mas algo começa a acontecer. Seu olhar é uma encarada, e minha encarada é o começo de tudo, e imagino o futuro: *Por que você me odeia?* Imagino uma voz angustiada de menina. *O que eu fiz a você?* Imagino outra pessoa gritando.

Durante os testes, olho a página de Rain Turner no IMDb em meu laptop. Ela lê para outro papel e percebo com pânico que jamais será chamada. Ela simplesmente é mais uma menina que vive da aparência – sua moeda de troca neste mundo

– e não será divertido vê-la envelhecer. Estes simples fatos que conheço tão bem ainda complicam tudo para mim. De repente recebo um torpedo – *Quien es?* – e preciso de algum tempo para perceber que é da menina que eu paquerava no Admiral's Club no JFK na tarde em que peguei o voo para cá. Quando levanto a cabeça de novo, noto que nunca tinha visto a árvore de Natal branca perto da piscina ou que a árvore de Natal é emoldurada pela janela ao lado da parede com o cartaz de *Crepúsculo dos deuses*.

Acompanho Rain a seu carro na frente dos escritórios no Washington Boulevard.

– E então, é neste filme que você quer me colocar? – pergunta ela.

– Pode ser – digo. – Não pensei que você tivesse me reconhecido.

– É claro que reconheci.

– Estou lisonjeado. – Faço uma pausa, depois insisto: – Por que não se apresentou ao produtor, e não a mim? Ele estava na festa.

Ela sorri como se estivesse surpresa e bate no meu braço. Eu revido, de brincadeira.

– Você é sempre tão descarado antes dos coquetéis? – pergunta ela. – Meu Deus. – Ela é charmosa, mas há algo ensaiado em seu charme, algo de frágil. O sorriso de surpresa só parece inocente porque outra coisa sempre espreita pelas margens.

– Ou quem sabe você devesse ter se apresentado ao diretor? – brinco.

Ela ri.

– O diretor é casado.

– A mulher dele mora na Austrália.

– Soube que ele não gosta de meninas – cochicha ela.

– Então sou uma peça rara? – digo.

– O que é isso? – pergunta ela, tentando esconder um breve momento de confusão.

– O roteirista respeitado? – sugiro com certa ironia.

– Você também é produtor deste filme.

– É verdade, sou mesmo – digo. – Que papel você prefere?

– Martina – diz Rain, concentrada de imediato. – Acho que sou melhor para ele, não é?

Quando chegamos ao carro, descubro que ela mora em um apartamento em Orange Grove, depois da Fountain, e que ela divide o aluguel, o que facilita muito. A transparência da transação: ela é boa nisso e eu admiro coisas assim. Tudo o que ela diz é um mar de sinais. Ouvindo-a, percebo que ela é um monte de garotas, mas qual delas está falando comigo? Qual delas voltará de carro para seu apartamento em Orange Grove no BMW verde com a placa personalizada que diz PLENTY? Qual delas iria comigo para o quarto do Doheny Plaza? Trocamos números de telefone. Ela coloca os óculos escuros.

– E então, quais são minhas chances para você? – pergunta ela.

– Acho que você vai se divertir muito.

– Como pode saber que vou me divertir muito? – pergunta ela. – Algumas pessoas não conseguem lidar comigo.

– Por que não deixa que eu veja por mim mesmo? – digo.

– Como vou saber que você não é maluco? – pergunta ela. – Como vou saber que você não é o cara mais doido que já conheci?

– Terá de experimentar.

– Você tem meu número – diz ela. – Vou pensar nisso.

– Rain – digo. – Este não é seu nome verdadeiro.

– E isso importa?

– Bom, importa quando me pergunto o que mais não será real.

– Isso porque você é roteirista – diz ela. – Porque ganha a vida inventando coisas.

– E?

– E – ela dá de ombros – percebi que os roteiristas tendem a se preocupar com coisas assim.

– Com o quê?

Ela entra no carro.

– Coisas assim.

O dr. Woolf tem um consultório em um prédio discreto em Sawtelle. Tem a minha idade e trata principalmente de atores e roteiristas, as sessões de 300 dólares parcialmente cobertas pelo seguro-saúde do sindicato de roteiristas. Fui indicado no verão passado por um ator cuja carreira estagnada decaiu, e isto foi em julho, depois do colapso por Meghan Reynolds entrar em sua fase mais intensa, e durante a primeira sessão o dr. Woolf me interrompeu quando comecei a ler em voz alta os e-mails de Meghan que salvei no meu iPhone, e passamos ao exercício de Reversão do Desejo – *Eu quero a dor, Eu adoro a dor, A dor me traz liberdade* –, e numa tarde de agosto saí furioso no meio da sessão e fui de carro para o Santa Monica Boulevard, onde estacionei numa vaga e assisti a uma cópia nova de *O desprezo* no Nuart, arriado na fila da frente, mastigando devagar uma caixa de balas, e quando saí do cinema olhei o letreiro digital dando para o estacionamento, sua imagem: uma cama desfeita, os lençóis amarfanhados, um corpo nu meio iluminado num quarto escuro, enquanto caracteres em Helvetica se curvavam contra a cor da carne.

As fotos de nus que Rain me manda naquela mesma tarde (chegaram antes do que eu esperava) ou são artísticas e chatas (em tons de sépia, indistintas, posadas) ou vagabundas e excitantes (na sacada de alguém, de pernas abertas, segurando um celular numa das mãos e um cigarro apagado na outra; de pé ao lado de um colchão com lençol azul em um quarto qualquer, os dedos esticados no baixo-ventre), mas cada uma delas é um convite, cada uma delas toca a ideia de que a exposição pode garantir a fama. E no coquetel numa suíte no Chateau Marmont – onde precisávamos assinar acordos de confidencialidade – ninguém diz nada tão interessante quanto o que prometem as fotos de Rain. As fotos sugerem uma tensão, uma alteridade que falta na suíte com vista para o Sunset. É o mesmo diálogo ("O que está acontecendo com *The Listeners*?" "Você esteve em Nova York nos últimos quatro meses?" "Por que está tão magro?") falado pelos mesmos atores (Pierce, Kim, Alana), e os quartos podiam muito bem estar vazios e minhas respostas às perguntas ("É, todo mundo foi avisado sobre a nudez"; "Estou cansado de Nova York"; "Trainer diferente, ioga") podiam muito bem ser compostas do canto de aves distantes. Esta é a última festa antes de todos saírem da cidade e estou ouvindo sobre os lugares de sempre no Havaí, em Aspen, Palm Springs, várias ilhas particulares, e a festa é dada por um ator britânico que se hospeda no hotel e fez o papel de vilão numa adaptação que fiz dos quadrinhos para o cinema. "Werewolves of London", berra sem parar, um vídeo de uma cerimônia no Kodak Theatre passa continuamente nas telas de TV. Correu rapidamente pela cidade uma história horrenda envolvendo uma jovem atriz hispânica cujo corpo de algum modo foi encontrado em uma cova coletiva perto da fronteira, e por algum motivo tem relação com um cartel de drogas em Tijuana. Corpos mutilados se espalhavam pela cova. Línguas foram cortadas. E a história fica mais bizarra quando é recontada: agora havia um barril de ácido industrial contendo restos humanos liquefeitos. Um corpo agora é desovado na frente de uma escola elementar como um aviso, um recado derrisório. Fico vendo as fotos de Rain enviadas pelo earthlink.net de allamericangirlUSA (descrição: *Aí, maluco, vamos logo com isso*) quando sou interrompido por um torpedo de um número bloqueado:

Estou de olho em você.

Respondo: *É a mesma pessoa?*

Estou encarando uma parede, um dos *stills* do filme sem título de Cindy Sherman, quando sinto o telefone vibrar em minha mão e a pergunta é respondida:

Não, é alguém diferente.

Um grupo de caras reservou uma mesa em um novo lounge em La Cienega e eu me permito ser convidado enquanto espero um táxi e eles esperam seus carros na frente do Bar Marmont, e estou olhando os peitoris de janelas do Chateau e pensando no ano em que morei ali, depois que saí do El Royale e antes de me mudar para o Doheny Plaza – as reuniões do AA na Robertson com Melrose, as margaritas de vinte dólares do serviço de quarto, o adolescente que comi no sofá do nº 44 – quando vejo Rip Millar parar em um Porsche conversível. Escondo-me nas sombras enquanto Rip cambaleia para o hotel agarrado pela cintura a uma garota de vestido baby-doll, um dos caras diz alguma coisa e Rip vira a cabeça, soltando um ruído que passa por riso, falando numa voz cantarolada, "Divirtam-se". Esta noite comecei com champanhe, então a lucidez não sumiu, a zona morta ainda não está vazando e estou no Aston Martin de alguém, que se gaba de uma puta que mantém em seu apartamento em Abbot Kinney, a leste dos canais de Venice, e outra em uma suíte no Huntley. Murmuro o slogan de propaganda do hotel ("Sea and be seen") enquanto passamos pelas limusines e gangues de paparazzi na frente do Koi e do STK, e no meio-fio na frente da Reveal olho os ciprestes que assomam contra o céu noturno até que dois outros caras da festa no Chateau param para o manobrista e não conheço realmente ninguém, então tudo é agradável – Wayne é um produtor com participação na Lionsgate que não vai chegar a lugar nenhum, e Kit é uma advogada de entretenimento de uma firma em Beverly Hills. Banks, que me levou no carro, é criador de reality shows. Quando pergunto a Banks por que ele escolheu este lugar, a Reveal, ele diz, "Rip Millar me recomendou. O Rip nos colocou para dentro".

O lugar está lotado, é vagamente peruano, vozes reverberando no teto alto, os sons amplificados de uma cascata caindo em algum lugar competem com a música de Beck que berra pelo lounge. Enquanto o proprietário nos leva a nossa mesa, duas meninas finas feito papel me param na entrada do salão de jantar e me lembram de uma noite no Mercer em Nova York em outubro passado. Eu não dormi com nenhuma delas – só cheiramos coca e vimos *The Hills* –, mas os caras se deixaram seduzir. Alguém fala em Meghan Reynolds e eu fico tenso.

– Interessante quanta diversão você tira disso – diz Kit, depois que nos sentamos a uma mesa no meio do salão. – Não é exaustivo?

– Esta é uma pergunta que contém muitas outras – digo.

– Já ouviu a piada da atriz polonesa? – pergunta Banks. – Ela vem para Hollywood e fode o roteirista. – Ele para, olha para mim. – Acho que não é tão engraçada.

– Apareça em meu roteiro e faço de você uma estrela – diz Kit numa voz de criança.

– Clay obviamente não subestima o fator desespero nesta cidade – diz Wayne.

– Em um lugar onde há tanta amargura – diz Banks com certa leviandade –, tudo é possível, não é?

– *Possível?* Olha, só acho que é meio inacreditável. – Kit dá de ombros.

– Acho que Clay é muito pragmático – diz Banks. – Inacreditável é se agarrar a uma crença moribunda no amor, Kit. – Ele faz uma pausa. – Mas este sou eu.

– Quer dizer, você é um homem bonito para sua idade – diz Kit a mim –, mas não tem influência de verdade.

Banks pensa nisso.

– Acho que as pessoas descobrem isso cedo ou tarde, né?

– É, mas elas sempre são substituídas, Banks – diz Wayne. – Diariamente há todo um novo exército de retardadas loucas para ser violadas.

– Vocês não precisam me lembrar de que não mando realmente... Mas acho que posso ser útil. – Estou observando, relaxando. – Basta conseguir sempre algum crédito de produção. Continuar amigo do diretor. Conhecer agentes de elenco. Tudo isso ajuda a causa. – Paro para dar efeito antes de acrescentar: – Sou muito paciente.

– É um plano – diz Kit. – Um plano, humm, sutil.

– É uma filosofia – diz mais alguém.

– É assim que rola comigo.

Wayne levanta a cabeça, atento à minha voz monótona.

– Acho que faz algum sentido. Você esteve envolvido em alguns sucessos famosos – murmura Wayne –, por piores que sejam.

Kit se curva para frente.

– Mas não é uma boa maneira de fazer amigos.

Banks fecha o cardápio quando o proprietário se curva e cochicha alguma coisa a ele. Josh Hartnett, que ia fazer um dos filhos em *The Listeners* e depois refugou, aproxima-se e se agacha na cadeira de bambu e temos um breve diálogo sobre outro roteiro em que ele esteve orbitando, mas sua falta lamentável de comprometimento só me deixa mais distante do que realmente me sinto. Embora eu saiba que o que ele diz não é verdade, sorrio e concordo mesmo assim. Pratos austeros de peixe cru começam a chegar, junto com garrafas geladas de saquê premium, e os caras sacaneiam um filme de tubarão de muito sucesso que escrevi, e o seriado sobre bruxas que criei e durou duas temporadas no Showtime, depois Wayne começa a contar a história de uma atriz que o assediou até ele a colocar num filme sobre um monstro que parecia um saco de feijão falante. Nessa hora o proprietário manda à mesa uma sobremesa de cortesia – um prato elaborado de donuts açucarados, salpicados de caramelo – e a noite começa a cair no último ato. Estou olhando o salão quando vejo a cascata de cabelos louros, os olhos azuis-claros arregalados, o sorriso burro que contrabalança sua beleza enquanto a torna mais pronunciada: ela está ao telefone à mesa da hostess. E vejo que está na hora de passar dos limites.

– Sabia que você estava aqui – diz Rain.

– Por que não disse nada? – perguntei, ficando sóbrio de imediato em sua presença. – Podia ter mandado uns drinques.

– Imaginei que vocês já estivessem doidões quando entraram.

– Por que não cumprimentou?

– Eu estava em uma mesa – diz ela. – Além disso, o dono gosta de impressionar Banks.

– Então é aqui que você trabalha?

– É – ronrona ela. – Chique, não?

– Você parece feliz.

– E estou – diz ela. – Quase tenho medo de tanta felicidade.

– Pare com isso, não tenha medo.

Ela imita uma garotinha.

– Bom, sempre posso ser mais feliz.

– Bom – digo contemplativamente. – Recebi suas fotos.

Quando volto ao Doheny Plaza, esperando que Rain venha depois de terminar o turno de trabalho, sento-me em meu escritório para ver a página de Rain no IMDb de novo, procurando pistas. Não há crédito nenhum pelos últimos dois anos, parando abruptamente depois de "Christine" em um filme de Michael Bay e "amiga de Stacy" em um episódio de *CSI: Miami*, depois estou preenchendo os hiatos, as coisas que ela não quer que ninguém saiba. Os créditos começam quando Rain devia ter uns 18 anos. Faço as contas por adivinhação – a data de nascimento foi reduzida em pelo menos alguns anos e estou colocando sua idade em prováveis 22 ou 23 anos. Ela era da Universidade de Michigan (líder de torcida dos Wolverines, "estudando medicina"), mas não dão nenhuma data (se é que ela estudou lá), então é difícil confirmar exatamente quantos anos tem. Mas Rain diria que isso não importa. Rain argumentaria que basta apenas a ideia dela de uniforme de líder de torcida. Mas o fato de não haver fotos dela como líder de torcida provoca mais cochichos nesse corredor mal iluminado, e o acréscimo de "estudando medicina" torna os cochichos ainda mais sonoros.

A informação mais recente: Rain postou um mês atrás que estava na lista das solteiras mais cobiçadas da edição de dezembro da *L.A. Confidential*, assim como – percebo sem me surpreender muito quando puxo a revista on-line – Amanda Flew, a atriz que encontrei no JFK e que me mandou um torpedo durante o teste de Rain. A foto de Rain na *L.A. Confidential* é a mesma foto do dia do teste e obviamente é a imagem preferida de Rain: olhando vagamente a câmera para que suas feições perfeitas possam falar por si, mas há o começo de um leve riso forçado que ela quase consegue tornar sugestivo de uma inteligência contestada pelo decote e pela opção de carreira. E não importa se existe realmente alguma inteligência, porque se trata do olhar, da ideia de uma garota assim, a promessa de sexo. Tudo ali é sedução. A página no MySpace não me revela nada no início, a não ser que sua banda preferida é a Fray. Toca

"How to Save a Life" quando abrimos a página. Estou prestes a dar uma olhada quando recebo um torpedo de um número bloqueado.

Olho o telefone em minha mesa.

A tela diz: *Estou de olho em você.*

Em vez de ignorar e virar a cara, respondo: *Onde estou?*

No tempo que leva para outro texto chegar, já fui até a cozinha e me servi de um copo de vodca. Quando chego ao telefone em meu escritório, fico paralisado.

Está em casa.

Afasto o telefone da cara e olho pela janela.

Digito: *Não, não estou.*

Leva um minuto para o telefone piscar, dizendo-me que tenho uma resposta.

Posso te ver, diz o texto. *Vc está de pé no escritório.*

Olho pela janela de novo e fico surpreso quando me vejo recuando para trás de uma parede. O apartamento de repente parece vazio demais, mas não está – há vozes nele, e elas se demoram, como sempre –; apago as luzes e lentamente passo à sacada, e por baixo da copa ondulante de uma palmeira o Jeep azul está estacionado na esquina da Elevado, depois acendo as luzes de novo e vou à porta da frente olhando o corredor *art déco* vazio, em seguida estou andando para o elevador.

Passo pelo porteiro da noite e abro a porta do saguão, depois estou passando rapidamente pelo segurança e esbarro em alguém que corre para a Elevado, e assim que viro a esquina o Jeep acende o farol alto, cegando-me de pronto. O Jeep arranca do meio-fio e provoca uma guinada de um furgão que vem pela Doheny, o Jeep vira à direita e avança para o Sunset e, quando olho para cima, estou exatamente onde o Jeep estava estacionado e posso ver as luzes de meu apartamento através dos galhos das árvores, está escuro e silencioso na Elevado, a não ser pelo ocasional carro que passa. Olho fixamente as janelas de meu escritório vazio ao voltar ao Doheny Plaza 15 andares acima, um lugar em que eu estava de pé minutos antes, sendo observado pelo ocupante do Jeep azul, e percebo que estou ofegando ao passar pelo segurança, reduzo o passo, tentando recuperar o fôlego, e sorrio para ele, mas quando estou a ponto de entrar, estaciona um BMW verde.

– Adorei a vista – diz Rain, segurando um copo de tequila, na sacada com vista para a cidade. Estou olhando o espaço vazio além dela na Elevado, onde o Jeep estacionou, e são três da manhã; chego por trás dela e lá embaixo o vento verga gentilmente a copa das palmeiras para a água ondulante da piscina iluminada do Doheny Plaza, a única luz no apartamento vem da árvore de Natal no canto e “A Long December” de Counting Crows toca suavemente ao fundo.

– Não tem namorado? – pergunto. – Alguém... de idade mais apropriada do que a minha?

– Os homens da minha idade são uns idiotas – diz ela, virando-se. – Os homens da minha idade são horríveis.

– Tenho novidades para você – digo, inclinando-me para ela. – Os da minha idade também.

– Mas você está muito bem para sua idade – diz ela, afagando meu rosto. – Parece dez anos mais novo. Você é operado, não é? – Seus dedos ficam penteando o cabelo que foi tingido uma semana antes. A outra mão passa pela manga da camiseta com o logo de skate. No quarto, ela me deixa chupá-la e, depois que a faço gozar, ela me deixa penetrar.

Na última semana de dezembro, quando não estávamos na cama, era no cinema ou vendo cópias promocionais de filmes, e Rain simplesmente assente quando lhe digo que está tudo errado no filme que acabamos de ver e ela não discute. "Eu gostei", dirá ela, conferindo leveza a tudo, o lábio superior sempre erguido numa provocação, os olhos sempre esvaziados de qualquer desejo, programada para não ser contestatória nem negativa. Eis alguém tentando permanecer jovem porque sabe que o que mais importa é aparentar juventude. Deve ser parte do apelo: que tudo continue jovem e suave, tudo na aparência, mesmo sabendo que a aparência se esvai e não pode ser mantida para sempre – aproveite antes que surja a data de validade no horizonte próximo. A aparência de Rain na verdade é ela mesma e, como tantas meninas se parecem com Rain, outra parte do apelo é vê-la tentar entender por que tive tanto interesse por ela e não por outra.

– Você só está interessado em mim? – pergunta ela. – Quer dizer, agora, para o papel?

Meus olhos percorrem a cama em que estamos deitados até que caem nos dela.

– Sim.

– Por quê? – Depois um sorriso provocador. – Por que eu?

Esta pergunta e minha subsequente evasiva a fazem desejar passar informações que, no quarto do décimo quinto andar do Doheny Plaza, não há motivos nem para existirem. Ignora-se por que ela saiu de Lansing aos 17 anos e as dicas aqui e ali de um tio abusivo (uma tentativa de angariar solidariedade que se arrisca a eliminar a sensualidade) e por que ela largou a Universidade de Michigan (não pergunto se chegou a se matricular) e o que levou às idas ocasionais a Nova York e Miami antes de ela baixar em Los Angeles e não se pergunta o que ela deve ter feito com o fotógrafo que a descobriu quando ela era garçonete no café em Melrose, ou sobre a carreira de modelo de lingerie que devia ser promissora aos 19 anos e levou a comerciais que geraram alguns papéis mínimos em filmes, e de não colocar todas as suas esperanças na terceira parte de uma franquia de terror que deu em nada, depois foi a queda rápida a pequenos papéis em programas de TV de que nunca se ouviu falar, o piloto nunca foi ao ar e, para completar a humilhação, bicos como garçonete e os favores que a colocaram no emprego de hostess na Reveal. Decifrando tudo, juntam-se as peças do agente que a ignora. Começa-se a entender, por suas queixas não ditas, que o empresário não se importa mais. Sua carência é tão imensa que somos cercados por ela; esta carência é tão enorme que se percebe ser possível controlá-la, e eu sei disto porque já fiz isso na vida.

Sentamos nus em meu escritório, bêbados de champanhe, enquanto ela me mostra fotos de um desfile da Calvin Klein, gravações de teste feitas por um amigo, um portfólio como modelo, fotos de paparazzi dela em eventos menores – a inauguração de uma loja de calçados em Canon, uma festa beneficente na casa de alguém em Brentwood, com um grupo de meninas na Playboy Mansion, na Midsummer Night's Dream Party – e parece que sempre voltamos ao quarto.

– O que quer de Natal? – pergunta ela.

– Isto. Você. – Eu sorrio. – O que você quer?

– Quero um papel no seu filme – diz ela. – Você sabe disso.

– Sei? – pergunto, passando a mão em sua coxa. – No *meu* filme? Que papel?

– Quero o papel da Martina. – Ela me beija, descendo a mão a meu pau, segurando-o, soltando-o, segurando de novo.

– E vou tentar conseguir para você.

A interrupção é involuntária, mas ela se recupera num segundo.

– *Tentar?*

Quando não estamos na cama ou vendo filmes, era na Bristol Farms de minha rua comprando champanhe ou na loja da Apple no Westfield Mall em Century City porque ela precisa de um computador novo e também quer um iPhone ("É Natal", ronrona ela, como se importasse), e eu entrego o BMW ao manobrista do shopping e noto os olhares dos caras que pegam o carro, e os olhares de tantos outros homens que andam pelo shopping, e ela também os nota e anda rapidamente, puxando-me, enquanto fala desatenta com ninguém ao celular, um gesto de autoproteção, uma maneira de revidar os olhares sem os admitir. Esses olhares sempre são os lembretes implacáveis da vida de uma mulher bonita nesta cidade, e embora eu já tenha estado com outras mulheres bonitas, a neurose em seus olhares já endureceu a uma espécie de aceitação amarga que Rain não parece partilhar. Numa das últimas tardes juntos naquele dezembro, estávamos indo à loja da Apple bêbados de champanhe, Rain aninhada em mim, com óculos escuros Yves Saint Laurent enquanto andávamos sob o céu nublado que se agigantava sobre as torres de Century City, sinos de canções natalinas em toda parte e ela estava feliz porque tinha acabado de ver seu rolo, que incluía as duas cenas com ela num filme do Jim Carrey, um drama que naufragou. (Depois de me esforçar para olhar a tela, fiz-lhe elogios entusiasmados e perguntei por que ela não colocou o filme em seu currículo, e ela admitiu que as cenas foram cortadas.) Ela ainda está me perguntando se eu digo a verdade sobre suas cenas enquanto vamos à loja da Apple e garanto que sim, em vez de confessar que sua atuação é apavorante. De maneira nenhuma aquelas cenas deviam continuar no filme – a decisão de retirá-las foi correta. (Tenho de parar de me perguntar como Rain conseguiu o papel, porque será entrar em um labirinto sem saída.) O que me mantém interessado – sempre – é como pode ser má atriz num filme, mas boa na vida real? Aqui está o suspense de tudo. E depois, pela primeira vez desde Meghan Reynolds, penso, esperançoso – deitado na cama, levando um copo cheio de champanhe a meus lábios, a cara dela pairando sobre a minha –, que talvez ela não esteja atuando comigo.

Estávamos comprando outra caixa de champanhe na Bristol Farms da Doheny na semana passada de dezembro quando a perco em um dos corredores e fico confuso ao me dar conta de que antigamente o mercado era o Chasen's, um restaurante a que fui em minha adolescência com meus pais em várias vésperas de Natal, e tento refazer a decoração do restaurante enquanto estou na seção de frutas, "Do They Know It's Christmas?" tocando por toda loja, e quando nada me vem é um triste alívio. E percebo que Rain saiu e estou andando pelos corredores, pensando nas fotos dela nua num iate, minha mão entre suas pernas, minha língua em sua boceta enquanto ela goza e a encontro do lado de fora, recostada em meu BMW, falando com um cara bonito que não reconheço, o braço dele em uma tipoia, e ele se afasta enquanto eu empurro meu carrinho para eles, e quando pergunto quem era, ela sorri tranquilizando-me e diz "Graham" e depois "Ninguém" e depois "Ele é mágico". Dou-lhe um beijo na boca. Ela olha em volta, nervosa. Vejo seu reflexo no vidro do BMW.

– O que foi? – pergunto.

– Aqui não – diz ela, mas como se "aqui não" fosse uma promessa de um lugar melhor. O estacionamento deserto de repente fica congelante, o ar gelado tão frio que tremula.

Naquela semana que passamos juntos não dava para controlar completamente as coisas – existem lapsos –, mas ela age como se isso não tivesse importância, o que ajuda a eliminar o medo. Rain o substitui por algo em que é fácil se perder, apesar, por exemplo, do fato de que alguns amigos meus ainda na cidade quisessem se reunir para jantar no Sona, mas o convite provocou uma leve ansiedade em Rain que parecia estranha à sua natureza e isto se tornou brevemente revelador. ("Não quero ficar com ninguém, só com você", foi a desculpa dela.) Mas os lapsos e evasivas não são gritantes – Rain ainda me tranquiliza o bastante para que o Jeep azul desapareça junto com meu desejo de recomeçar a trabalhar em alguns projetos em que estou envolvido, os longos silêncios taciturnos se foram, o frasco de Viagra na gaveta da mesa de cabeceira fica intocado, os fantasmas que mudam as coisas de lugar no apartamento fugiram e Rain me faz acreditar que isto tem algo a ver com o futuro. Rain me convence de que está mesmo acontecendo. Meghan Reynolds some num borrão porque Rain exige que o foco esteja nela, e porque tudo nela age a meu favor nem mesmo percebo quando resvala em algo além de simplesmente trabalhar, e pela primeira vez desde Meghan Reynolds eu cometo o erro de começar a me importar. Mas há um fato obscuro zumbindo alto em tudo o que ainda tento ignorar, mas não posso, porque é a única coisa que mantém o equilíbrio. É a coisa que não me deixa desabar completamente. É a coisa que me salva do colapso: ela é velha demais para o papel que pensa que vai conseguir.

– E quando você vai me ajudar? – pergunta ela enquanto estamos sentados no café na rua do Doheny Plaza, demorando-nos num café da manhã tardio, nós dois fugindo da ressaca com o bagulho que fumamos e Xanax.

– Acho que deve dar os telefonemas assim que for possível – diz ela, olhando-se no espelho.

– Assim que todo mundo voltar, está bem? – Estou sorrindo serenamente para ela e assentindo. Ignoro os vincos de desconfiança em seu rosto mesmo depois de eu tirar os óculos de sol, e a tranquilizo com um "Sim" seguido por um beijo caloroso.

Esta suposta paz só dura uma semana. Sempre há a possibilidade de algo assustador, que depois costuma acontecer. Dois dias antes de encontrarem o corpo de Kelly Montrose, Rain acorda e fala que teve um sonho naquela noite. Já estou acordado, tirando fotos dela enquanto dorme, e agora que despertou ela se encolhe quando tiro outra e diz que no sonho viu um jovem na minha cozinha, na verdade um menino, mas com idade suficiente para ser desejável, e ele a olhava e havia uma crosta de sangue seco acima do lábio superior, havia uma tatuagem borrada de um dragão em seu braço e o menino disse que queria ter vivido aqui no 1.508, mas o menino disse para não se preocupar, que ele tinha sorte, depois seu rosto ficou preto, ele arreganhou os dentes e logo virou pó, e conto a Rain sobre o garotão que foi dono deste apartamento, e conto que o prédio é mal-assombrado, que à noite vampiros se escondem nas palmeiras que cercam o edifício esperando que as luzes se apaguem, depois vagam pelos corredores, e por fim a câmera chama a atenção de Rain e ela se anima, continuo disparando a câmera, minha cabeça apoiada num travesseiro enquanto ela olha a TV de tela plana – uma cena de gente correndo de uma selva, um episódio de *Lost*, e eu pego uma Corona na mesa de cabeceira. "Vampiros não vagam por corredores", murmura ela por fim, recuperada. "Vampiros são os proprietários dos apartamentos." Depois repassamos as falas do papel de Martina em *The Listeners*.

Correu o boato de que Kelly Montrose estava com a atriz hispânica encontrada na cova coletiva pouco antes do Natal. Foi visto pela última vez em uma quadra de tênis em Palm Springs numa tarde de meados de dezembro. O corpo nu de Kelly foi arrastado por uma rodovia de Juárez, depois escorado numa árvore. Outros dois homens foram encontrados perto dele, sepultados em blocos de cimento. A cara de Kelly foi despelada e deceparam as mãos. Havia um bilhete preso no corpo que não revelava nada: *cabrón? cabrón? cabrón?* Coisas que eu não sabia sobre Kelly: o lance com metanfetamina, a madrasta que morreu durante uma cirurgia plástica, as supostas conexões com o cartel de drogas. Estas descobertas parecem tangenciais porque eu nunca conheci realmente Kelly Montrose – ele produziu filmes e o encontrei várias vezes por conta de vários projetos –, e ele nunca foi íntimo o bastante de ninguém que eu conhecesse para definir qualquer um de meus relacionamentos. Rain passa distante o dia antes de encontrarem Kelly: andando pela sacada, mandando torpedos, dando telefonemas, retornando ligações, cada vez mais agitada, encostada na grade, olhando rapidamente da sacada para uns caras que corriam sem camisa na rua. Quando pergunto qual é o problema, ela culpa a família. Ainda a arrasto de volta ao quarto, e ela sempre resiste, prometendo, "um minutinho, um minutinho...". Depois de beber duas doses de tequila, ela fica à toa na sacada só de calcinha, ignorando o helicóptero que se lança sobre ela, e nessa noite no quarto escuro no Doheny Plaza, bêbados de margaritas, velas brilhando em volta dela enquanto reclamo de outro filme que passa na tela plana enorme, Rain não consegue se reprimir e pela primeira vez uma coisa a faz se desligar, e, quando finalmente percebo, minha voz começa a oscilar, e enquanto caio em silêncio ela simplesmente pergunta, sem olhar para mim, num tom neutro, de olhos fixos na TV:

– Qual foi a pior coisa que você fez na vida?

– Preciso ir a San Diego – diz ela.

Eu acabara de acordar, semicerrando os olhos para a luz derramada pelo quarto. As cortinas foram abertas e ela anda na luz do quarto pegando coisas.

– Que horas são? – pergunto.

– Quase meio-dia.

– O que está fazendo?

– Preciso ir a San Diego – diz ela. – Aconteceu uma coisa.

Estendo a mão, tentando puxá-la de volta à cama.

– Clay, pare. Eu tenho de ir.

– Por quê? Quem vai ver lá?

– Minha mãe – resmunga Rain. – A louca da minha mãe.

– Algum problema? – pergunto. – O que houve?

– Nada. O de sempre. Tanto faz. Ligo para você quando chegar lá.

– Quando vou te ver de novo?

– Quando eu voltar.

– E quando vai voltar?

– Não sei. Logo. Em alguns dias.

– Você está bem? – pergunto. – Ontem estava meio estranha.

– Não, estou melhor – diz ela. – Eu estou bem.

Para me aplacar, ela me beija na boca.

– Eu me diverti – diz ela, acariciando meu rosto, e o som do ar-condicionado compete com o largo sorriso, e depois o sorriso e ar frio se transformam no vagar das coisas, de repente amplificados, quase frenéticos, e eu a puxo para mim na cama, coloco a cara em suas coxas, respiro e tento virá-la, mas ela me empurra com delicadeza. Baixo o lençol, revelando minha ereção, ela finge frivolidade e revira os olhos. De repente posso ver meu reflexo em um espelho no canto do quarto: um adolescente com cara de velho. Ela se levanta e olha o quarto para ver se esqueceu alguma coisa. Pego a câmera na mesa de cabeceira e começo a tirar fotos dela. Ela está olhando uma bolsa Versace que antes estava cheia de papelotes de cocaína, a outra coisa que serviu de combustível para tanto sexo, a coisa que ajudou a tornar a fantasia muito mais distinta e inocente do que realmente foi, a coisa que fez com que parecesse que o desejo era recíproco.

– Pode ligar para o manobrista e pedir para tirar meu carro? – pergunta ela, franzindo a testa e vendo as mensagens no celular.

– Não quero que você vá.

– Eu disse que vou voltar – murmura ela distraidamente.

– Não me faça implorar – digo. – Estou te avisando.

– Mesmo que implore, não vai adiantar. – Ela não levanta a cabeça quando diz isso.

– Posso ir com você?

– Para com isso.

– Estou imaginado coisas.

– Não imagine.

– Estou imaginando que existem muitas versões deste acontecimento.

– Acontecimento? Eu vou para a merda de San Diego ver a porra da minha mãe.

– Nenhum de nós quer admitir que tem alguma coisa errada – murmuro, tirando outra foto.

– Acaba de admitir. – Ela posa brevemente. Mais um flash.

– Rain, eu falo sério...

– Pare de transformar isso num drama, Crazy. – De novo: o sorriso dissimulado.

– Drama? – pergunto com inocência. – Quem? Eu?

A última coisa que ela diz antes de ir embora:

– Vai dar aqueles telefonemas para mim?

Todos os letreiros digitais que brilham no labirinto cinza parecem dizer *não*, os copos-de-leite que ladeiam o canteiro central do Sunset Plaza estão morrendo, a névoa envolve continuamente as torres de Century City e o mundo se torna um filme de ficção científica – porque nada disso realmente tem algo a ver comigo. É um mundo onde a única opção é ficar chapado. Tudo fica mais vago e abstrato, uma vez que cada desejo e cada capricho alimentados constantemente nesta última semana de dezembro se foram e não quero substituí-los por nada, porque não existe substituto – os sites de pornografia adolescente parecem diferentes, de certo modo repintados, nada excita, não funciona mais –, e assim recrio mentalmente quase a cada hora o sexo que aconteceu no quarto naqueles oito dias em que ela esteve aqui, e quando tento esboçar um roteiro que me deu preguiça de fazer, sai meio sincero e meio irônico, porque o fato de Rain não retornar minhas ligações ou torpedos se torna uma distração, e depois, só três dias após ela ir embora, vira oficialmente um obstáculo. As manchas roxas em meu peito e nos braços, as marcas dos dedos de Rain e os arranhões em meus ombros e nas coxas começam a desbotar e eu paro de responder a vários e-mails de pessoas que voltam à cidade porque não quero fofocar sobre Kelly Montrose ou desprezar a mania de prêmios, nem saber dos planos de ninguém para o Sundance e não tenho motivo para voltar aos testes em Culver City (porque o que eu quero já aconteceu), e sem Rain aqui tudo se dissipa inteiramente, é impossível ter calma, é algo que não posso controlar. E assim me vejo no consultório do dr. Woolf em Sawtelle, o padrão repetitivo é observado, suas razões são localizadas e praticamos técnicas para atenuar a dor. E justo quando penso que vou conseguir lidar com tudo, um Jeep azul de vidros escurecidos passa por mim em Santa Monica enquanto estou atravessando um cruzamento na Wilshire. Uma hora depois recebo um torpedo de um número bloqueado, o primeiro em quase 11 dias: *Para onde ela foi?*

Boatos de um vídeo da execução de Kelly Montrose – esteve circulando na Web e foi visto por "fontes confiáveis" – se espalha na comunidade numa manhã na primeira semana de janeiro. Supostamente havia um link em algum lugar que levava a outro link, mas o primeiro link tinha sido retirado e não havia nada, a não ser gente de vários blogs debatendo a "autenticidade" do vídeo. Supostamente havia um corpo decapitado de agasalho preto pendurado numa ponte, um deserto lúgubre coberto de arbustos secos abaixo, a fita da polícia açoitada pelo vento árido, e outra pessoa escreveu que o crime aconteceu num "laboratório" nos arredores de Juárez, outro contra-argumentou, categórico, que o assassinato foi cometido num campo de futebol por homens encapuzados, e outro ainda escreveu *Não, Kelly Montrose foi morto em um cemitério abandonado*. Mas não havia nada que fundamentasse nada. Alguém postou uma foto de uma cabeça decapitada e sorridente num banco de carona de um SUV crivado de balas, mas não é Kelly. Na realidade não existem fotos dele sendo arrastado por uma rodovia amarrado com uma corda, nem closes de sua pele sendo arrancada da cara, nem fotos de um par de mãos sendo amputadas enquanto uma música de mariachi pontua as imagens, e depois do auge da excitação e da justificativa para a fofoca se renderem à realidade, os boatos sobre os clips de Kelly Montrose sumiram num cenário crepuscular.

Mas não dou a mínima. Depois de procurar pelos links, simplesmente volto ao hábito de olhar todas as fotos que Rain me mandou e me lembro das promessas que fiz que não envolviam *The Listeners*, mas tratavam de agentes e filmes com títulos como *Boogeyman 2* e *Bait* e lembro-lhe deles em torpedos que mando – *Oi, falei com Don e Braxton*, ou *Nate quer te representar*, ou *Volte e vamos repassar seu papel* e *Estou falando de você com TODO MUNDO* – que só eram respondidos no meio da noite: *Oi, Crazy, isso parece demais!* E *Vou voltar logo!!*, pontilhado de emoticons. Ao contrário de todos os outros, não é Kelly Montrose que provoca a volta de meu medo. O medo oficialmente voltou e, devido à ausência de Rain, não é mais uma distração fraca. Depois é o Jeep azul que passa por mim em Santa Monica se materializando à noite na esquina da Elevado, e numa noite, enquanto olho com tédio da janela de meu escritório, finalmente estaciona junto ao meio-fio. E é quando noto pela primeira vez outro carro, um Mercedes preto, saindo lentamente de uma vaga mais adiante na rua e seguindo o Jeep na Doheny, depois no Sunset. Do apartamento na Union Square, Laurie parou inteiramente de me procurar.

– O que você fez nos feriados? – pergunta-me Rip Millar quando um número que não reconheço aparece em meu celular e eu atendo por impulso, pensando que podia ser Rain. Depois que falo de algumas visitas a familiares e que basicamente só andei por aí e trabalhei, Rip diz:

– Minha mulher quis ir ao Cabo. Ela ainda está lá. – Aparece um longo silêncio. Sou obrigado a preenchê-lo:

– O que você anda fazendo?

Rip descreve algumas festas que ele parece ter achado divertidas, os problemas menores de inaugurar uma boate em Hollywood e uma reunião inútil com um vereador. Rip me diz que está deitado na cama vendo a CNN no laptop, imagens de uma mesquita em chamas, corvos voando num céu escarlate.

– Quero te ver – diz ele. – Beber alguma coisa, almoçar em algum lugar.

– Não podemos conversar só por telefone?

– Não – diz ele. – Precisamos nos ver pessoalmente.

– Precisamos? – pergunto. – Há algum motivo para você *precisar* me ver?

– Há – diz ele. – Tem uma coisa que precisamos conversar.

– Vou para Nova York logo – digo.

– Quando vai voltar?

– Não sei. – Pausa. – Tem umas coisas que preciso terminar aqui antes e...

– Tá – murmura ele. – Acho que tem seus motivos para ficar. – Rip deixa isso pairar antes de acrescentar: – Mas acho que você vai ficar muito interessado no que tenho a dizer.

– Vou ver minha agenda e te falo.

– *Agenda?* – pergunta ele. – Que gozado.

– Gozado por quê? – pergunto. – Estou muito ocupado.

– Você é roteirista. Como assim, *ocupado*? – Sua voz antes era branda, mas não agora. – Com quem anda saindo?

– Eu... fico nos testes de elenco praticamente o dia todo.

Uma pausa antes de "É mesmo?". Não é uma pergunta.

– Olha, Rip, eu entro em contato.

Rip me sai com essa:

– Bom, como está indo *The Listeners*?

– Está indo. – Fico tenso. – Tudo muito... agitado.

– É, você é muito ocupado. Já disse isso.

Saia desta seara, torne-a impessoal, concentre-se em fofocas, qualquer coisa para evocar a simpatia e podermos desligar o telefone. Tento outra tática:

– E estou muito estressado com o que aconteceu com o Kelly. Muito estressado mesmo.

Rip faz uma pausa.

– É? Eu soube disso. – Outra pausa. – Não sabia que vocês dois eram chegados.

– É. Éramos muito chegados.

Depois que digo isso, Rip parece soltar um riso abafado, uma charada particular cuja resposta o divertiu.

– Acho que ele se viu numa situação um tanto improvável. Quem sabe com que tipo de gente ele se envolveu? – Ele confere um ritmo sincopado às duas frases.

Afasto o telefone da orelha e olho para ele até ficar calmo o bastante para voltar a falar. Não há nada a dizer.

– É o que acontece quando você se envolve com elementos errados. – É tudo o que Rip diz, a voz se arrastando até mim.

– Que elementos errados?

Uma pausa e a voz de Rip pela primeira vez é aquela de que me lembro, vagamente irritada:

– Precisa mesmo me perguntar isso, Clay?

– Olha, Rip, eu te ligo depois.

– É, ligue mesmo. Acho que o quanto antes souber, melhor.

– Por que não me diz agora?

– Porque é... íntimo – diz Rip. – É isso. É uma coisa muito íntima.

Naquela mesma semana estou zanzando pelo quinto andar da Barneys na Wilshire, chapado, procurando constantemente mensagens de Rain que nunca chegam a meu iPhone, olhando etiquetas de preço em mangas de camisas cintilantes, coisas usadas para aparecer, incapaz de me concentrar em nada que não seja a ausência de Rain, e no departamento masculino não consigo nem mesmo manter a mais rudimentar das conversas com um vendedor sobre um terno Prada e termino no balcão do bar Barney Greengrass pedindo um Bloody Mary e bebendo ainda de óculos escuros. Rip está almoçando com Griffin Dyer e Eric Thomas, um vereador com cara de salva-vidas, de quem Rip andou reclamando uma época, mas agora parece amigo dele, e Rip está com uma camiseta de caveira jovem demais para ele e calça baggy japonesa, daí ele aperta minha mão e, quando vê o Bloody Mary e que estou sozinho, resmunga, "E aí, está mesmo ocupado, hein?".

Atrás dele posso sentir o vento escaldante entrando do terraço. Os olhos arregalados de choque de Rip estão injetados e noto como seus braços são musculosos.

– É.

– Sentado aqui? De bobeira na Barneys?

– É. – Eu me mexo na banqueta do bar e pego o copo de gelo.

– Está meio largado aí.

Toco meu rosto, surpreso ao constatar como a barba por fazer estava grossa e há quanto tempo está assim desde que me barbeei, rapidamente faço as contas: na véspera da partida de Rain.

– É.

A cara laranja reflete sobre alguma coisa e diz quando se curva para mim:

– Você está voando muito mais do que eu pensei, cara.

Um trainer da Equinox se apresenta depois de eu perceber que ele me encarava enquanto eu malhava com meu trainer e me pergunta se eu gostaria de tomar um café com ele no Caffe Primo, ao lado da academia. Cade está com uma camiseta preta com a palavra TRAINER em caracteres pequenos e maiúsculos e tem lábios grossos, um sorriso branco, olhos azuis grandes, uma barba cuidadosamente aparada e cheira a limpo, quase antisséptico, e sua voz consegue parecer ao mesmo tempo animada e hostil e ele está mamando uma garrafa de água com um líquido avermelhado, sentado de um jeito que dá a perceber que espera que alguém dê pela presença dele, e por baixo da sombra de um guarda-sol decorado com luzes natalinas olho o trânsito no Sunset enquanto nos sentamos a uma mesa ao ar livre e penso no cara bonito na esteira com a camiseta I STILL HAVE A DREAM achando que podia não ser uma ironia.

– Li *The Listeners* – diz Cade, desviando os olhos do celular, um torpedo que o estivera incomodando.

– É mesmo? – Bebo meu café e abro um sorriso duro, sem saber por que estou ali.

– É, um amigo meu fez o teste para o papel de Tim.

– Legal – digo. – Você está nos testes?

– Bem que eu gostaria – diz Cade. – Acha que pode me colocar lá?

– Ah – digo, agora entendendo. – Tá. Claro.

Mansamente e com uma timidez ensaiada, ele fala:

– Talvez a gente possa sair um dia desses.

– Tipo... quando? – Fico confuso por um momento.

– Tipo sei lá, só sair – diz ele. – Talvez ir a um show, ver uma banda...

– É, parece legal.

Meninas novas passam em transe segurando esteiras de ioga, o cheiro de patchuli e alecrim flutuando por nós, o vislumbre de uma tatuagem de borboleta num ombro, e estou tão nervoso por não falar com Rain há quase cinco dias que fico esperando que um carro bata no Sunset porque tudo parece na iminência de um desastre, e Cade posa sem parar, como se tivesse sido fotografado a vida inteira, e na frente da loja H&M, do outro lado da praça, homens estão enrolando um curto tapete vermelho.

– Por que veio falar comigo? – perguntei a Cade.

– Alguém apontou você – diz ele.

– Não, é sério, por que eu? Por que não outra pessoa ligada ao filme?

– Bom... – Cade tenta entender por que estou fazendo esse jogo. – Ouvi dizer que você ajuda as pessoas.

– Ah, é? – pergunto. – E quem te disse isso? – A pergunta parece um desafio. Do jeito que sai, obriga Cade a ser mais franco comigo do que podia ter sido.

– Acho que você o conhece.

– Quem?

– Julian. Você conhece Julian Wells, não é?

Fico tenso, embora ele tenha dito o nome com inocência. Mas de repente Cade é alguém diferente devido à sua ligação com Julian.

– É – digo. – Como conheceu Julian?

– Trabalhei para ele por um tempo.

– Fazendo o quê?

Cade dá de ombros.

– Coisas pessoais.

– Como um secretário?

Cade sorri e vira a cara, depois volta a me olhar, tentando não aparentar muita preocupação com a pergunta.

– É, acho que sim.

Blair telefona para me convidar a um jantar que dará em Bel Air na semana que vem e no início fico desconfiado, mas quando ela diz que é do aniversário de Alana, entendo por que estou sendo convidado, a conversa é tranquila e tem um quê de perdão, e depois de falar de coisas simples, sinto-me à vontade o bastante para perguntar, "Posso levar alguém?", embora uma breve pausa da parte de Blair me obrigue a voltar ao passado.

– Claro – diz ela despreocupadamente. – Quem?

– Só uma amiga. Alguém com quem estou trabalhando.

– Quem é? Eu conheço?

– Ela é atriz – digo. – Seu nome é Rain Turner.

Blair fica em silêncio, o que quer que tenhamos resgatado antes ao telefone agora se foi.

– Ela é atriz – repito. – Alô?

Blair não diz nada.

– Blair?

– Olha, pensei que de repente você viria sozinho, mas não quero essa mulher aqui – diz ela rapidamente. – Eu nunca permitiria que ela entrasse aqui.

– E por que não? – pergunto numa voz alarmada. – Você a conhece?

– Olha, Clay...

– Ah, que se foda – digo. – Aliás, por que me convidou, Blair? O que está fazendo? Tentando foder comigo? Ainda está puta? Já se foram mais de dois anos, Blair.

Depois de uma pausa, ela diz:

– Acho que a gente precisa conversar.

– Sobre o quê?

Ela faz outra pausa.

– Me encontre em algum lugar.

– Por que não podemos conversar agora?

– Não podemos conversar por telefone.

– E por que não, Blair?

– Porque nenhuma dessas linhas é segura.

Virando no Sunset para a Stone Canyon, entro na escuridão dos desfiladeiros e o manobrista estaciona o BMW no hotel Bel-Air. Atravesso a ponte passando por cisnes que flutuam no lago e vou para o salão de jantar, mas Blair não está lá e quando pergunto à hostess, descubro que ela não fez reserva nenhuma, e lá fora olho o terraço, mas Blair também não está lá, e estou prestes a ligar para ela quando me dou conta de que não tenho seu número. A caminho da recepção, de repente percebo quanto esforço fiz para ficar bem, embora nada fosse acontecer. A recepcionista me diz em que quarto está a sra. Burroughs.

Ando de um lado a outro por ali debatendo alguma coisa e desisto, vou até o quarto e bato. Quando Blair abre a porta eu entro, passando por ela.

– O que está fazendo? – pergunto.

– Como assim?

– Não vai acontecer.

– O que não vai acontecer?

– Isto. – Faço um gesto cansado, abrangendo a suíte com o braço.

– Não é por isso que estamos... – Ela vira a cara.

Blair está de calça de algodão larga, sem maquiagem, o cabelo preso atrás e dá para saber que plástica ela fez. Está sentada na beira da cama ao lado de uma bolsa Michael Kors e não está com a aliança de casada.

– É só uma suíte que o Trent aluga – diz ela.

– É? – digo, andando. – E onde está Trent?

– Ainda está perturbado por Kelly Montrose – diz Blair. – Eles eram íntimos. Trent o representou por um tempo. – Ela faz uma pausa. – O Trent está ajudando a organizar o funeral.

– O que acha que vai acontecer? – pergunto. – Por que estou aqui?

– Não sei por que você continua...

– Não vai rolar, Blair.

– Pode parar de dizer isso, Clay – diz ela, com a voz tensa. – Eu sei.

Abro o frigobar. Nem vejo que garrafa pego. Irritado, tremendo, sirvo uma bebida para mim.

– Mas por que não aconteceria? – pergunta Blair. – Por causa dela? A garota que quer levar à minha casa? – Ela se interrompe. – A atriz? – Outra pausa. – Não achava que eu ia ficar chateada com isso?

– Do que você quer falar? – pergunto com impaciência.

– Acho que de certo modo é sobre Julian.

– É? O que tem ele? – Viro a bebida. – Você teve um caso com ele? Vocês treparam? O que foi?

Quando morde o lábio inferior, Blair tem 18 anos de novo.

– Julian contou a você? – pergunta ela. – Foi como você soube?

– Só estou conjeturando, Blair – digo. – Você me disse para ficar longe dele, lembra? – Depois: – Que importância tem isso? Já acabou há mais de um ano, não é?

– Você sabia que ele terminou? – pergunta ela, hesitante.

– Blair, eu não sei de nada, está bem?

– Ele terminou por causa daquela garota.

– Que garota?

– Clay, por favor, não torne isso mais esquisito...

– Não sei de que garota está falando.

– Estou falando da garota que você queria levar ao jantar – diz ela. – Ele me deixou por ela. – Ela faz mais uma pausa para dar ênfase. – É com ela que ele está agora.

Rompo o silêncio:

– É mentira.

– Clay...

– Está mentindo porque me quer aqui e...

– Pare – grita ela.

– Mas eu não sei do que está falando.

– Rain. O nome dela é Rain Turner. A garota que você queria levar, não é? Quando Julian terminou comigo, o motivo era ela. Eles estão juntos desde então. – De novo ela se interrompe para dar efeito. – Ele ainda está com ela.

– Como... Como sabe disso? – pergunto. – Pensei que você não falasse com ele.

– Eu não falo com o Julian, mas sei que eles estão juntos.

Jogo o copo na parede.

Blair vira a cara, envergonhada.

– Está tão perturbado assim por causa dela? Quer dizer, quanto tempo você ficou com ela? – pergunta Blair, a voz entrecortada. – Duas semanas?

Concentrar-me no arranjo floral no meio da suíte é minha única esperança de manter o foco enquanto Blair continua:

– Fiz Trent aceitá-la como cliente porque Julian me pediu, sem me contar que a estava vendo. Foi um favor que fiz a ele. Pensei que ela era só uma amiga. Outra atriz que precisava de ajuda... Eu fiz porque... – Ela se detém. – Porque eu gostava de Julian.

Estou resmungando comigo mesmo.

– Por isso ela estava na sua casa.

Blair percebe algo depois que digo isso.

– Você nunca perguntou a ela por que estava lá, perguntou? – Mais silêncio. – Meu Deus, você ainda é o centro de tudo, não é? Nem se perguntou o que ela estava fazendo lá? – A voz de Blair continua subindo: – Sabe *alguma coisa* dela, tirando o que ela provoca em *você*?

– Não acredito em nada disso.

– Por que não?

– Porque... ela está comigo.

Por fim, vou aos tropeços até a porta.

– Espere – diz Blair em voz baixa. – É melhor eu sair primeiro.

– Que diferença faz? – pergunto, enxugando o rosto.

– Porque acho que estou sendo seguida.

Mensagem de texto para Rain: *Se não tiver notícias de você, vou fazer com que deem o papel a outra.* Em minutos recebo um torpedo dela: *Oi, Crazy, voltei! Vamos nos ver. Bjs.*

Em meu escritório, fingindo trabalhar em um roteiro à mesa, estou na verdade observando Rain, que acaba de aparecer, e ela está bronzeada e anda pelo aposento, segurando um copo de gelo com um pouco de tequila, tagarelando despreocupadamente que a mãe é louca, seu meio-irmão mais novo está nas forças armadas e, quando ela se joga no divã no canto do escritório, preciso de todas as minhas forças para me levantar, ir até ela e não falar nada sobre Julian. Ela me olha e continua falando, um tanto distraída, mas quando não respondo a uma pergunta ela toca o joelho no meu, pego seu braço e a puxo da cadeira, e quando ela me lembra da reserva no Dan Tana's eu digo a ela, "Quero trepar com você primeiro" e começo a puxá-la para o quarto.

– Ah, tenha dó – diz ela. – Estou com fome. Vamos ao Dan Tana's.

– Pensei que não quisesse ir ao Dan Tana's – digo, me esfregando nela. – Pensei que quisesse ir a outro lugar.

– Mudei de ideia.

– Por quê? Quem não quer ver lá?

– A gente não pode só sair?

– Não – digo.

– Olha – diz ela. – Quem sabe depois do jantar? Eu só quero relaxar. – Ela afaga meu rosto e me beija de leve na boca, depois puxa o braço e sai do escritório. Eu a sigo pela sala de estar e entro atrás dela na cozinha, aonde ela vai até a garrafa de tequila e se serve de outra dose.

– Quem estava em San Diego? – pergunto.

– O quê?

– Quem estava em San Diego? – pergunto de novo.

– Minha mãe. Já te disse isso umas cem vezes.

– E quem mais?

– Para com isso, Crazy – diz ela. – Olha, você falou com Jon e Mark?

– Talvez.

– *Talvez?* – Ela faz uma careta. – O que isso quer dizer?

Dou de ombros.

– Quer dizer talvez.

– Não faça isso – diz ela rapidamente, girando para mim. – Não faça isso.

– Fazer o quê?

– Me ameaçar – diz ela, antes de seu rosto relaxar num sorriso.

No Dan Tana's estamos sentados no salão da frente perto de uma mesa com atores jovens e Rain tenta me envolver, o pé roçando em meu tornozelo, e depois de alguns drinques eu aceito com mais brandura, embora um cara no bar fique olhando para Rain e por algum motivo penso que ele é o sujeito que vi com ela no estacionamento da Bristol Farms, o braço dele numa tipoia, depois percebo que passei por ele na ponte no hotel Bel-Air quando fui ver Blair, e Rain está falando da melhor maneira de abordar o produtor e o diretor de *The Listeners* com relação a sua contratação e como precisamos fazer isso com cuidado, é "superimportante" que ela consiga o papel porque muita coisa para ela depende disso e eu estou voando com outras coisas, mas sempre volto a olhar o cara recostado no balcão, ele está com um amigo e os dois parecem ter saído de uma novela, depois de repente tenho de interrompê-la:

– Não está vendo mais ninguém, não é?

Rain para de falar, considera a vibe e pergunta:

– É disso que se trata?

– Quer dizer, agora só tem a mim, não é? – pergunto. – Quer dizer, não sei o que estamos fazendo, mas você não está saindo com outro, né?

– Do que está falando? – pergunta ela. – Crazy, o que está fazendo?

– Quando foi a última vez que você trepou?

– Com você. – Ela suspira. – Lá vamos nós. – Ela suspira de novo. – E você?

– E você se importa?

– Olha, eu tive uma semana estressante...

– Pare com isso – digo. – Você está bronzeada.

– Quer me dizer alguma coisa? – pergunta ela.

Olho o salão e ela amolece.

– Estou aqui com você agora – diz ela. – Pare de ser tão mulherzinha.

Suspiro e não digo nada.

– O que houve? Por que está tão chateado? – pergunta ela depois que peço outra bebida. – Só fiquei fora cinco dias.

– Não estou chateado – digo. – Só não tive notícias de você...

– Olha aqui. – Ela rola o iPhone que lhe comprei e me mostra fotos dela com uma mulher mais velha, o Pacífico ao fundo.

– Quem tirou essas fotos? – pergunto automaticamente.

– Uma amiga minha – diz ela. – Uma *amiga* – enfatiza.

– Por que aquele cara do bar fica olhando para você?

Rain nem olha para o bar quando responde:

– Não sei. – E me mostra mais fotos dela em San Diego com a mulher mais velha que não acredito que seja sua mãe.

Seguindo para Doheny, estou olhando pelo para-brisa do BMW e noto que as luzes do apartamento estão acesas. Rain está no banco do carona, de braços cruzados, pensando em alguma coisa.

– Eu deixei as luzes acesas? – pergunto.

– Não – diz ela, distraída. – Não me lembro.

Entro à direita na Elevado para ver se o Jeep azul está lá e passo pela vaga onde ele costuma parar e não está ali, e depois de dar a volta no quarteirão algumas vezes, paro na entrada do Doheny Plaza, o manobrista leva o carro, Rain e eu voltamos ao 1.508 e ela me deixa chupá-la; quando fico duro, ela me chupa, e quando acordo na manhã seguinte, ela se foi.

Rain é o único assunto discutido no consultório do dr. Woolf, em Sawtelle, e eu havia me referido a ela anonimamente como "uma garota" na última sessão, enquanto ela estava em San Diego, mas agora, com as informações que tenho sobre Julian, conto tudo: que conheci Rain Turner numa festa de Natal, e percebo enquanto descrevo este momento ao dr. Woolf que tomei uns drinques com Julian no Beverly Hills Hotel quase logo depois disso, e que a encontrei de novo nos testes de elenco, e depois no lounge do La Cienega, e detalho os dias que passamos juntos nessa última semana de dezembro, que comecei a pensar que era real, como o que tive com Meghan Reynolds, depois descubro por Blair que Rain supostamente é namorada de Julian – a essa altura o dr. Woolf baixa o bloco e parece mais paciente comigo do que provavelmente é, e estou tentando entender a estratégia e percebo que Julian deve ter sabido que Rain e eu ficamos juntos aqueles dias, mas como isso é possível? Por fim, perto do final da sessão, o dr. Woolf diz, "Insisto que não veja mais essa mulher", e depois, "Insisto que corte qualquer contato". Depois de outro longo silêncio, ele diz, "Por que está chorando?".

– Não aceito um não como resposta – diz Rip despreocupadamente, cantarolando ao telefone depois de me dizer para encontrar com ele no observatório no alto do Griffith Park, embora eu esteja com uma ressaca suficiente para esquecer como se coloca gasolina no BMW no posto da Mobil na esquina da Holloway com La Cienega, e passando pela Fountain para evitar o trânsito de volta ao Sunset, ligo para Rain três vezes, tão distraído por ela não atender que quase entro à direita na Orange Grove para o caso de ela estar lá, mas não aguento isso. No estacionamento quase deserto na frente do observatório, Rip está ao telefone, recostado numa limusine preta, o motorista ouvindo um iPod, o letreiro de Hollywood brilhando ao fundo, atrás deles. Rip está vestido na simplicidade de um jeans, uma camiseta verde, chinelos.

– Vamos dar uma caminhada – diz Rip, depois estamos andando pelo gramado para a cúpula do planetário, e no West Tarrace ficamos tão acima da cidade que o silêncio é completo e o sol ofuscante refletido no Pacífico distante dá a impressão de que o mar está em chamas, o céu limpo está inteiramente claro, a não ser pela névoa que paira sobre a cidade, onde um dirigível flutua acima dos arranha-céus distantes, e se eu não estivesse com tanta ressaca, a vista teria sido humilhante.

– Gosto daqui – diz Rip. – Me dá paz.

– É meio fora de mão.

– É, mas não tem ninguém aqui – diz ele. – É silencioso. Ninguém pode te seguir. A gente pode falar sem se preocupar.

– Se preocupar com o quê?

Rip reflete.

– Que nossa privacidade seja comprometida. – Ele para. – Eu sou como você: não confio nas pessoas.

O sol é tão forte que o terraço embranquece, minha pele começa a arder e o silêncio que traga tudo faz com que as figuras mais inocentes ao longe pareçam cheias de intenções sinistras ao vagarem lentamente, com cautela, como se algum movimento natural rompesse a quietude, e passamos por um casal de hispânicos recostado em um ressalto enquanto atravessamos o Parapet Promenade, e, quando chegamos ao passadiço indo para o East Terrace, Rip me diz com brandura:

– Tem visto Julian ultimamente?

– Não – digo. – Vi o Julian pela última vez antes do Natal.

– Que interessante – diz Rip, depois admite: – Bom, não pensei que tivesse visto.

– Então por que perguntou?

– Só queria saber como você responderia à pergunta.

– Rip...

– Tem uma mulher... – Ele para, pensa. – Sempre tem uma mulher, não é?

Dou de ombros.

– É, acho que sim.

– Mas, então, tem uma garota que conheci uns quatro ou cinco meses atrás, e ela trabalhava para um... serviço muito exclusivo e superdiscreto. – Rip faz uma pausa enquanto dois adolescentes falando francês passam por nós, depois olha em volta para saber se tem mais alguém por perto, antes de continuar: – Não dá para achar na internet, são só indicações boca a boca, então não tem, hummm, rastro *viral*. Tudo é tratado entre pessoas que se conheciam, então fica tudo muito restrito.

– Qual era... o serviço? – pergunto.

Rip dá de ombros.

– Só mulheres bem bonitas, rapazes muito bonitos, uma garotada que veio para cá para se dar bem, precisava de dinheiro e queria ter certeza de que, se um dia se tornassem Brad Pitt, não haveria provas de que se envolveram numa coisa dessas. – Rip suspira, olha a cidade, depois para mim. – Comparativamente caro, mas você está pagando pela discrição e não tem registros, é inteiramente anônimo.

– Como você descobriu? – Não quero saber a resposta, mas o silêncio, ampliado, maior, me faz perguntar só para dizer alguma coisa.

– Bom, esta é a parte interessante da história – diz Rip. – O cara que criou o serviço é alguém que conhecemos. Acho que pode dizer que ele é um dos que ficaram com a garota.

– De quem está falando? – pergunto, embora algo me diga que já sei a resposta.

– Julian – diz Rip, confirmando. – Julian cuidava disso. – Rip faz uma pausa. – Estou surpreso de você já não saber.

– Julian cuidava do quê, exatamente? – consigo perguntar.

– Do serviço – diz Rip. – Foi criação dele. Tudo sozinho. Ele é um sujeito agradável. Conhece muita gente nova. Ele os traz. – Rip pensa no assunto. – É algo que ele sabe fazer. – Mais uma pausa. – O Julian é bom nisso.

– Por que está me dizendo essas coisas? – pergunto. – Não estou interessado em usar um serviço de escort para trepar e não tenho nenhum interesse por nada que tenha a ver com Julian.

– Ah, que mentira – diz Rip. – Que mentira cabeluda.

– Mentira por quê?

– Porque foi por intermédio de Julian que conheci uma garota chamada Rain Turner.

– Não sei quem é.

Rip imita uma breve carranca e faz um gesto de desdém.

– Ah, cara, você lida muito mal com isso. – Ele suspira, impaciente. – Sabe a menina com quem você esteve? A suposta atriz a quem você prometeu um papel em seu filminho? Isso não te lembra nada? Por favor, não banque o idiota comigo.

Não consigo dizer nada. De repente estou agarrado à grade de ferro. A informação é uma desculpa para não olhar mais para ele. O medo, sua mancha preta e grande, avança e está no calor, na vastidão do terraço vazio e em todo o resto.

– Você está tremendo, cara – diz Rip. – Não quer se sentar?

No East Terrace finalmente estou entorpecido o bastante para ouvir Rip recomeçar a falar, depois de ele dar um breve telefonema confirmando o almoço e responder a torpedos de outra pessoa, estamos sentados num banco ao sol, sinto minha pele empolar, não consigo me mexer e de perto a cara de Rip é andrógina e seus cílios são tingidos.

– Mas então eu a conheci, gostei dela e acho que trepamos, e depois não pago mais por isso, e na verdade estou pensando em me divorciar de minha mulher, o que mostra como eu estou comprometido com essa garota. – Rip fica gesticulando. – Eu digo a Rain para largar o emprego e ela concorda. Eu cuido de tudo... Pago o aluguel dela e da vaca da colega naquela pocilga em Orange Grove, roupa, a porra do cabelo, o BMW, o personal trainer, salão de bronzeamento, tudo o que ela quer. Até arrumo para ela um bico naquele lugar em La Cienega, a Reveal, todas as coisas que Julian não pode pagar... E adivinha o que ela ainda realmente quer?

Rip espera. Estou processando tudo. E depois me ocorre e digo em voz baixa:

– Ela ainda quer ser atriz.

– Bom, ela quer ser famosa – diz Rip. – Mas pelo menos você está prestando atenção – acrescenta ele. – A resposta está basicamente certa.

Não consigo abrir os punhos cerrados, e Rip se levanta e anda de um lado a outro na minha frente.

– Acho que a essa altura você sabe que nunca vai rolar para ela, mas ainda assim Julian ficou se gabando de um grande amigo, Clay, que ia cuidar para ela trepar com você, e tinha esse filme cujo elenco parece ter influência sua. Sei lá. Quer dizer, me parecia uma bobajada, mas a gente precisa ter esperança, né? – Rip de repente para e olha o celular, depois o recoloca no bolso. – Mas, quando você chegou à cidade, Julian meio que te aborreceu com alguma coisa, e acho que vocês dois não se encontraram exatamente naquela noite, então ele não te pediu ajuda. – Rip suspira, como se estivesse cansado de tudo, mas continua: – De algum jeito ela consegue um teste... Algo que confesso que não me importa, nem tenho energia para isso, e de qualquer modo acho que é uma perda de tempo porque ela não tem talento... E ela aparece e lê para vocês, e estou pensando que ela é péssima, mas tem seus encantos e o resto é... Bom, por que não me conta o resto, Clay?

Só fico sentado em silêncio no banco de pedra.

– Posso entender que você fodeu com ela por duas semanas?

Não digo nada.

Rip suspira.

– Não deixa de ser uma resposta.

– Rip, por favor...

– E depois ela vai para San Diego – diz Rip. – Não é?

– Ela quis ver a família.

– Família? – Rip me sacaneia. – Sabia que Julian estava em San Diego com ela?

– Por que eu saberia disso? – digo.

– Ah, qual é, Clay...

– Rip, por favor, o que você quer?

Ele pensa.

– Eu quero *a garota*. – Depois ele pensa em outra coisa. – Quer dizer, eu sei, eu sei, ela é só uma atriz burra e gostosa, né?

Estou assentindo, Rip registra o gesto e tomba a cabeça de lado, curioso.

– Se está concordando comigo, por que está tão arrasado por causa dela? – pergunta ele.

– Não sei – digo em voz baixa. – Simplesmente estou.

– Já pensou que talvez isso... essa sua birutice... não tenha nada a ver com ela? – diz Rip. – Que pode ter a ver com você?

– Não. – Engulo em seco. – Não pensei.

– Olha, o perigo não é você – diz Rip. – Ela só está te usando. Mas... a garota gosta de verdade dele. – Rip para. – O problema é o Julian.

– O problema? Do que está falando? Por que *ele* é o problema?

– Julian é o problema – diz Rip –, porque Rain negou tudo o que estava rolando com ele até eu descobrir sobre suas feriazinhas em San Diego na semana passada.

– Ela me disse que ia ver a mãe. Me mostrou fotos dela com a mãe.

Rip abre um sorriso falso.

– Então agora ela tem mãe? Em San Diego? Que amor. – Mas, depois que vê minha reação, o sorriso desaparece.

– Quando descobri que eles estavam juntos, consegui alguma informação que ela não podia negar e deixei pra lá, porque ela me prometeu que não voltaria para ele, nem faria nada com ele, mas... desta vez... eu simplesmente não sei.

– O que você não sabe?

– Desta vez... não sei se vou machucar o cara ou não. – Rip diz isso com tanta suavidade e com tão pouca intimidação que não parece uma ameaça e eu começo a rir.

– Estou falando sério – diz Rip. – Não é brincadeira, Clay.

– Acho que é meio radical.

– Isso porque você deve ser muito sensível.

Depois de uma longa pausa, Rip fala sem rodeios:

– Só quero uma coisa. Quero a garota de volta.

– Mas ela obviamente quer outro.

Rip leva uns segundos para me examinar.

– Você é um sujeito muito amargurado.

Curvo-me para frente, os braços firmes ao lado do corpo. Olho para ele antes de assentir:

– É. Acho que sou mesmo.

Vamos pelo gramado até a limusine preta, o motorista espera ali, Rip olha o Monumento aos Astrônomos ao passarmos e estou olhando fixamente para frente, incapaz de focalizar alguma coisa que não seja o calor, o céu azul surreal e os falcões sobrevoando a paisagem silenciosa, suas sombras cruzando o gramado, pergunto-me se vou conseguir voltar ao Doheny sem me meter num acidente, e Rip me pergunta uma coisa que devia ser só uma formalidade, mas, por causa de nossa conversa, agora não é:

– O que vai fazer o resto da tarde?

– Não sei – digo, depois me lembro. – Vai ao enterro de Kelly?

– É hoje?

– É.

– Não – diz Rip. – Eu não o conhecia realmente. Fizemos alguns negócios, mas isso já faz muito tempo. – O motorista abre a porta. – Tive de lidar com aquele imbecil por causa da boate. Sabe como é, o de sempre. – Ele diz isso como se eu devesse ser antenado o bastante para entender o que significava, e, antes de entrar na limusine, Rip me pergunta: – Quando vai vê-la de novo?

– Talvez hoje à noite. – Então não consigo evitar e pergunto: – Como se sente com isso?

– Olha, espero que ela consiga o papel. Estou torcendo por ela. – Ele para e ri de um jeito forçado. – Você não está?

Não digo nada. Limito-me a menear de leve a cabeça.

– É – diz Rip, convencido de alguma coisa. – Foi o que pensei. – Depois, enquanto entra na traseira da limo e antes de o motorista fechar a porta, Rip olha para mim e diz: – Você tem uma história disso, não tem?

Eu deveria ir a uma festa do Globo de Ouro no Sunset Tower esta noite, mas Rain não quer ir, mesmo depois de eu dizer que Mark e Jon estarão lá e que se ela quiser o papel de Martina, eu preciso apresentá-la formalmente a eles fora do escritório de Jason em Culver City.

– Não é assim que se faz – murmura ela.

– Mas é assim que vamos fazer – respondo. Quando ela chega no meu apartamento, recém-bronzeada, o cabelo bem penteado, está com um vestido sem alças, mas ainda estou de roupão, bebendo vodca, batendo punheta. Ela não quer sexo. Afasto-me e digo que, se não trepar, não vou. Ela bebe duas doses de Patrón na cozinha, entra no quarto, tira cuidadosamente o vestido e diz, "Mas não me beije", gesticulando para a maquiagem, e enquanto estou comendo Rain meus dedos se dirigem para sua bunda e ela os afasta: "Não quero fazer assim." Mais tarde, enquanto ela está colocando o vestido, percebo um hematoma ao lado de seu tronco que não tinha visto antes.

– Quem fez isso com você? – pergunto. Ela entorta o pescoço para olhar o hematoma.

– Ah, isso? – diz ela. – Foi você.

Ao entrarmos na festa no Sunset Tower, estamos atrás de um ator famoso e as câmeras começam a pipocar como uma luz estroboscópica, eu empurro Rain comigo para o bar e quando pego meu reflexo num espelho, minha cara é uma caveira, queimada de sol da hora que passei no observatório e no terraço que dá para a piscina, costuro pelo burburinho da multidão com Rain, cumprimento algumas pessoas que reconheço enquanto aceno para outras que não conheço, mas que parecem me reconhecer, bato um papinho rápido com várias pessoas sobre o funeral de Kelly Montrose, embora eu não estivesse lá, depois vejo Trent e Blair e vou para outro lado, porque não quero que Blair me veja com Rain, e projetadas nas paredes estão fotos em preto e branco de palmeiras, imagens de Palisades Park nos anos 1940, garotas do elenco do novo filme de James Bond, bandejas de donuts passam e estou mascando chiclete para não querer fumar, vejo Mark com a mulher e levo Rain para onde eles estão, e Mark franze a testa quando a vê, depois apaga o franzido com um sorriso antes de trocarmos um abraço falso, sem tirar os olhos de Rain, a reação da mulher uma hostilidade mal disfarçada, depois me lanço numa explicação de por que não estive nos testes de elenco, e Mark diz que eu devia ir amanhã, garanto a ele que vou e, assim que estou prestes a tentar vender Rain, meu telefone vibra em meu bolso e eu o pego, tem um torpedo de um número bloqueado que diz *Ela sabe* e depois que digito *?*, Mark e a mulher se afastam e Rain, aparentemente sem se importar por eu não empurrá-la para Mark, está atrás de mim conversando com outra jovem atriz e chega uma nova mensagem de texto: *Ela sabe que você sabe.*

Na volta ao Doheny Plaza, tentando andar em linha reta no Sunset, pergunto como quem não quer nada:

– Conhece um cara chamado Julian Wells? – Depois da pergunta consigo afrouxar a mão do volante, a pergunta é uma libertação.

– Ah, sim – diz Rain, animada, mexendo no som. – Você conhece Julian?

– Conheço – digo. – Fomos criados juntos aqui.

– Não sabia disso. Legal. – Ela tenta achar uma faixa num CD que Meghan Reynolds gravou para mim no verão passado. – Ele pode ter falado alguma coisa.

– Como conheceu Julian? – pergunto.

– Fiz um trabalho para ele – diz ela. – Há muito tempo.

– Que tipo de trabalho?

– Só como assistente. Free-lance – diz ela. – Já faz muito tempo.

– Para falar a verdade, eu sei que você o conhece – digo.

– O que quer dizer? – pergunta ela, concentrando-se em localizar a música. – Do jeito que você fala fica tão esquisito.

– Onde ele está agora? – pergunto. – Só estava me perguntando.

– Como é que vou saber? – pergunta ela, fingindo estar irritada.

– Bom, você não é namorada dele?

Tudo de repente fica em câmera lenta. É como se repentinamente ela se esquecesse das falas. Sua única reação é rir.

– Você é louco.

– Vamos ligar para ele.

– Tá legal. Claro. Tanto faz, Crazy.

– Não acredita em mim, não é? – digo. – Acha que é brincadeira?

– Acho que você é louco – diz ela. – É isso que eu acho.

– Eu sei de você e ele, Rain.

– E o que você *acha* que sabe? – Sua voz continua brincalhona.

– Sei que você estava em San Diego com Julian na semana passada.

– Eu estava com a minha mãe, Clay.

– Mas também estava com Julian. – Dizer isso me relaxa. – Não pensou que eu descobriria?

No sinal da Doheny, ela olha pelo para-brisa.

– Você não sabia que eu ia descobrir que você ainda está trepando com ele?

Ela de repente explode. Gira para mim no banco do carona. Uma série de perguntas sai em um turbilhão suplicante:

– E daí? Que importância isso tem? O que está fazendo? O que pensa que é? Não vai deixar isso pra lá? Que importância tem o que eu faço quando não estou com você?

– Importa sim – digo. – Nesta circunstância, para você conseguir o que quer, importa muito.

– Por que importa? – grita ela. – Você é louco.

Calmamente entro à esquerda e começo a descer a Doheny.

– Não pode nem mesmo interpretar esse papel por uma merda de mês? – pergunto em voz baixa. – Que foi? Precisa tanto do pau dele que tem que arriscar tudo de sua vida? Se era tão importante para você ficar comigo, Rain, por que estragou tudo? Podia ter brincado à vontade comigo, mas...

– Eu não *brinco* com as pessoas, Clay.

– E Rip Millar?

– O que tem Rip Millar? – diz ela. – Meu Deus, você precisa se levar menos a sério.

Os faróis tremidos de carros na outra pista me fazem parar o BMW no acostamento do outro lado do Doheny Plaza.

– Saia. Saia da porra do meu carro.

– Clay... – Ela estende a mão para mim. – Por favor, pare com isso.

– Você está entrando em pânico. – Eu sorrio, afastando-me dela. – Veja só: você está mesmo entrando em pânico.

– Olha, vou fazer o que você quiser – diz ela. – O que você quer? É só me dizer o que quer, e eu faço.

– Termine tudo com Julian agora – digo. – Pelo menos até que consiga o papel.

Ela recua.

– E como vou saber se você vai me ajudar a conseguir o papel?

– Eu vou – digo. – Mas diga a Julian para cair fora. Nem vou tentar enquanto ele ainda estiver à vista.

– Se me conseguir o papel, vou fazer qualquer coisa – diz ela em voz baixa. – O que você quiser. Se me conseguir o papel, vou fazer o que você quiser.

Ela segura meu rosto. Me puxa para ela. Me beija com força na boca.

No quarto às escuras, Rain me pergunta:

– Por que fez isso agora?

– Fiz o quê? – Estou apoiado num travesseiro, bebendo vodca e gelo derretido.

– Levantar esse assunto – diz ela. – Tentando estragar tudo.

– Eu só queria provar que você estava mentindo para mim.

– Quem te falou?

– Rip Millar.

Ela de imediato enrijece e sua voz esfria:

– Não tem mais nada rolando.

– E por que não?

– Porque ele é um fodido. – Ela se vira para mim. – Não meta o Rip nisso. Por favor, Clay. É sério. Não meta. Vou cuidar do Rip.

– Ele disse que vai machucar Julian – digo. – Disse que não vai conseguir se segurar.

– Por que não pode deixar as coisas como estão?

– Porque as coisas... não estão como eu quero.

– Para tudo sair como você quer... – suspira ela – vou precisar de uma grana.

– Você tem emprego – digo. – E a Reveal?

– Fui demitida – diz ela por fim.

– Por quê?

– Rip deu um telefonema – diz ela. – Ele me odeia.

As coisas começam a se expandir. Senti-me mais relaxado. Tudo agora é possível porque o plano começa a ficar mais claro.

– Você me ouviu? – pergunta ela.

– Como pode viver assim?

– Fingindo que é diferente.

"Ela está aí com você? Onde ela está, Julian? Olha aqui, eu sei o que está havendo. Sei da realidade. Porra, Julian, tá fazendo o quê, caralho? Esculhambando comigo de novo? Tá cafetinando sua namorada? Que tipo de escroto você é? Me diga onde ela está... Onde ela está?... Ah, vai se foder. Nem quero ver a merda da sua cara de novo, e se vir, juro por Deus que vou te matar, Julian. É sério. Vou te matar, caralho, e não vou estar nem aí. E vou gostar porque tudo vai ficar melhor depois que você estiver morto." Um recado de bêbado que deixo no celular de Julian quando acordo, e Rain foi embora no meio de uma noite cálida de janeiro, depois da festa do Globo de Ouro no Sunset Tower.

Dois caminhões de bufê estão estacionados na frente do prédio da direção de elenco em Culver City e no pátio uma turma monta mesas e uma cabine de DJ, e o pátio está cheio de jovens atores com roupas dos anos 1980, esperando, todos têm franja loura, depois estou passando pela piscina e subindo a escada para um escritório onde Jon e Mark fazem um intervalo dos testes com Jason.

– Ele voltou dos mortos – diz Jon. – E aí? Por onde tem andado?

– Só precisava cuidar de umas coisas pessoais – digo. – Tive de terminar um roteiro. – Pus as mãos nos bolsos e me encostei numa parede, tentando continuar relaxado e despreocupado. – E andei pensando que vimos alguém perfeita para Martina.

– Ainda não achamos ninguém – diz Jon.

– Bom, não é verdade – diz Jason. – Fizemos uma filtragem, mas em quem está pensando?

Mark está me olhando, meio sorrindo, talvez desconcertado.

– É, quem é ela? – pergunta ele como se já soubesse.

– Nós a vimos algumas semanas atrás e, bom, andei pensando muito nela – digo. – Acho que devemos vê-la de novo.

– Quem?

– Rain Turner. Lembra dela? – pergunto, depois me viro para Mark. – Estava comigo na festa ontem à noite.

Jason gira para o monitor, digita algumas teclas e a foto de Rain aparece na tela. Jon se aproxima, confuso. Mark olha a tela e depois, sem muita esperança, para mim.

– Por que ela? – pergunta Jon. – É mais velha do que Martina.

– Ela só parece quem eu tinha em mente quando escrevi o roteiro – digo. – Quer dizer, Martina pode ser alguns anos mais velha do que as outras.

– Ela é muito bonita – murmura Jon. – Mas não lembro realmente quem era.

– Acho velha demais – diz Jason.

– Por que tem tanta certeza dela, Clay? – pergunta Mark.

– Não consigo parar de pensar nela para esse papel e, bom, eu gostaria que ela fizesse outra leitura.

– Ela virou amiga sua? – pergunta Mark.

Tento ignorar o modo como ele faz essa pergunta.

– Não, quer dizer, não... Ela é, quer dizer, eu a conheço.

– Quem é a garota? – pergunta Jon. – Quem a representa?

– A Burroughs Media – diz o diretor de elenco, lendo na tela. – A ICM está listada, mas não acho que eles representem mais ninguém. Seus últimos créditos são de um ano atrás. – Ele continua lendo e se detém. – Na verdade, ela conseguiu o teste como um favor.

– A quem? – Sou eu que faço essa pergunta.

O diretor de elenco rola a página de Rain. Há uma súbita hesitação na sala antes de Jason dizer alguma coisa:

– Kelly Montrose. Kelly deu o telefonema.

Tudo fica em silêncio. As coisas revertem no longo instante antes de alguém dizer alguma coisa. Pela janela aberta, a palmeira ondula ao vento seco e a garotada murmura abaixo, perto da piscina; ninguém na sala sabe o que dizer e a ressaca que eu tinha esquecido volta no momento em que o nome de Kelly Montrose é mencionado, eu quero cantar baixinho comigo mesmo para ajudar a afogar a dor – o peito que dói, o sangue pulsando em minha cabeça – e não tenho alternativa a não ser fingir que sou só um fantasma, neutro e indiferente.

– Ora, isso não é nada bom – diz Jon. – Acho que é mau augúrio.

– É? – pergunto, encontrando minha voz. – Acha?

– Sou supersticioso. – Jon dá de ombros. – Acredito em má sorte.

– Quando foi que isso aconteceu? – pergunto a Jason. – Quando Kelly deu o telefonema por ela?

– Alguns dias antes de desaparecer – diz Jason.

Rain me liga depois que mando o torpedo, *Kelly Montrose?*.

– Onde esteve ontem à noite? – pergunto. – Por que foi embora? Você estava com Julian?

– Para que seja como você quer – diz ela –, tenho que tratar de umas coisas primeiro.

– Que coisas? – Estou saindo do prédio, segurando o telefone com força junto da orelha.

– Não pode me perguntar isso.

– Eu falei com eles sobre você. – Noto que sou incapaz de me mexer enquanto estou ao celular com ela. – Eles vão ver você de novo.

– Obrigada – diz ela. – Mas, olha, eu preciso ir.

– Tem uma festa hoje à noite – digo. – Aqui em Culver City.

– Acho que não posso fazer isso, Clay.

– Rain...

– Me dê um ou dois dias e podemos ficar juntos, está bem?

– Por que não me contou que conhecia Kelly Montrose?

– Vou explicar tudo quando a gente se encontrar – diz ela. – Preciso ir.

– Por que não me contou que Kelly Montrose te colocou no teste? – estou sussurrando esta.

– Você nunca me perguntou – diz ela, desligando em seguida.

Não há o que fazer a não ser esperar pela festa, e, como não tenho aonde ir, fico por Culver City, não compareço aos testes da tarde, o medo voltando enquanto ando até uma loja de bebidas para comprar aspirina, o delírio alcoólico de tudo, os fantasmas pululando de toda parte, sussurrando *Você precisa ter cuidado com quem entra na sua vida*, e estou andando pelo jardim enquanto retorno alguns telefonemas – deixando recados para o agente, o empresário, o filme sobre os macacos, dr. Woolf – e fumando perto da piscina, vendo a turma de decoração pendurar luzes pela extensão de uma parede bege e curva que limita uma extremidade da piscina, e depois sou apresentado ao ator que conseguiu o papel principal de Grant, filho de Kevin Spacey, em *The Listeners*; o rapaz é incrivelmente bonito, mesmo com a barba que tem por causa de um filme de piratas que está fazendo, telas foram armadas e fotos de vários atores jovens são ali projetadas e depois, de algum lugar, alguém reclama e as telas são reposicionadas, eu encontro outra garota que venceu outro concurso de modelo e a tarde fica mais cinzenta, o céu tomado de nuvens, e alguém me pergunta, "Qual é o problema, cara?".

A festa cerca a piscina, lanternas de papel estão penduradas pelo jardim, tocam músicas dos anos 1980 e todo mundo parece familiar, embora todos tenham 18 anos, e tenho esperanças de que Rain me surpreenda aparecendo, mas também sei que ela não vai fazer isso. Cade, o trainer da Equinox, está aqui – esqueci que eu tinha convidado –, e agora que sei qual é sua ligação com Julian, não fico constrangido por Cade pensar que sou sem noção o bastante para não saber, e estou ao lado de um dos assistentes de Jason, bebendo vodca num copo de plástico, e o cara que faz o filho de Kevin Spacey fica me fazendo perguntas sobre seu personagem, que respondo numa voz monótona, e ele responde apontando uma coruja com ninho na palmeira, depois vejo a atriz – é mesmo uma coisa – que conheci na sala de espera da primeira classe no JFK antes do Natal, talvez um mês atrás, e Amanda Flew é muito mais nova do que me lembrava, sempre que olha para mim ela sorri de nervoso para o cara com quem conversa e às vezes o cara cochicha em seu ouvido, outro homem acende seus cigarros e agora eu sei que bebi demais.

– Conhece aquela garota? – pergunto ao assistente. – Amanda Flew?

– Conheço – diz o assistente. – E você a conhece?

– Sim – digo. – Eu trepei com ela.

Há um silêncio, mas, quando olho para ele, ele diz, “Legal”. Ele dá de ombros, mas está horrorizado.

– Ela é gostosa. – Mais uma pausa. – Acho que ela gosta de caras mais velhos, né?

– É, acho que sim. – Dou de ombros também, depois pergunto: – Por que disse isso?

– Pensei que ela fosse uma das meninas de Rip Millar.

Estou olhando Amanda receber um torpedo, olha para ele e depois dá um telefonema. Ela mal diz alguma coisa, só escuta, depois desliga.

– Meninas dele? – estou perguntando.

– É – diz o assistente e, depois, notando minha reação a essas duas palavras, acrescenta: – Quer dizer, não é nenhum segredo nem nada. Ela fez parte da trupe de garotas dele. – Ele para. – Mas soube que ela é louca. Bem pirada.

Não digo nada.

– Mas talvez seja por isso que a gente gosta delas – diz o assistente.

Quando vê que me aproximo, Amanda vira a cara como se eu não estivesse ali. Ela olha a festa, pisca, não diz nada, mas, quando me meto intimamente em seu grupo, fica esquisito para ela me ignorar, depois digo "Oi" e seu sorriso aparece e some. Ela parece perturbada que eu esteja ao seu lado, que eu tenha até me aproximado, e noto que depois de ser tão sedutora na sala de espera do JFK, ela agora não quer falar comigo, mas eu insisto em ficar na esperança de que ela responda alguma coisa; atrás de Amanda uma menina dança sozinha uma velha música dos Altered Images, a tatuagem de um número telefônico correndo pelo braço.

– Hein? – diz Amanda. – Oi. – Depois ela se vira para os dois caras.

– Nós nos conhecemos em Nova York – digo. – No JFK. Acho que você me mandou uns torpedos algumas vezes desde que chegou a Los Angeles, mas não nos falamos há umas quatro semanas. Como vai?

– Vou bem – diz ela; há um silêncio sem graça, os dois caras se apresentam, nomes são trocados e um deles me reconhece e diz, "Ah, bacana", depois volta sua atenção para mim, mas estou concentrado em Amanda.

– É, já faz um mês – digo, encarando-a. – Está tudo bem?

– Eu estou bem, já disse. – E depois: – Mas acho que talvez tenha se enganado.

– Não se candidatou a um papel em *The Listeners*?

Um fotógrafo tira uma foto de nós juntos e, ou é isto ou a pergunta que faço que vira a deixa de Amanda para sair.

– Tenho que ir agora.

Começo a segui-la.

– Ei, espere um minuto.

– Não posso conversar agora – diz ela.

– Ei, eu disse para esperar um minuto...

Ela recua à parede que leva à saída. A conversa está prestes a se transformar numa discussão.

– Está sendo grosseiro – diz ela.

– Eu não fiz nada – digo. – Por que estou te deixando tão pouco à vontade?

Por uma fração de segundo, seus olhos ficam desvairados e ela por fim cede:

– Por favor, não fale comigo, está bem? – Ela tenta sorrir. – Eu nem conheço você – diz ela. – Nem sei quem você é.

Cai uma chuva fraca quando saio da festa, esqueço onde está o BMW e finalmente o acho estacionado junto ao meio-fio algumas quadras dali no Washington Boulevard, quando estou prestes a arrancar, um Jeep azul passa acelerado e reduz, parando no sinal atrás de mim na esquina. Faço o retorno e arranco atrás do Jeep, meu cabelo está molhado, minhas mãos tremem e não consigo ver quem está dentro do carro, a chuva aperta enquanto sigo o Jeep pela Robertson para West Hollywood, pelos limpadores de para-brisa as ruas parecem mais vazias por causa da chuva e no CD que Meghan Reynolds gravou para mim no verão passado Bat for Lashes está cantando "What's a Girl to Do?", um raio ilumina um mural turquesa numa passagem subterrânea da via expressa, o Jeep entra à direita na Beverly e eu fico olhando o retrovisor para ver se alguém está me seguindo, mas não sei, então obrigo-me a parar de chorar e desligo o som, concentrando-me apenas no Jeep azul que entra à esquerda na Fairfax, e estou completamente sóbrio quando o Jeep entra à direita na Fountain, dá uma guinada abrupta à direita na Orange Grove e uma à esquerda a meia quadra do Santa Monica Boulevard, pegando a entrada adjacente ao apartamento de Rain. É quando Amanda Flew sai do Jeep azul.

Passo pelo prédio e paro na entrada de um edifício mais além na rua, estacionando onde não devo, deixando o motor ligado, e não sei o que fazer – cada pensamento lógico ficou eclipsado –, mas consigo sair do BMW e atravessar o gramado da frente na direção do edifício e ainda chove, mas eu não me importo, o apartamento de Rain fica no térreo de um prédio de dois andares, todas as luzes no apartamento estão acesas e Rain está andando pela sala, ao telefone, fumando, e fico longe da janela, fora do alcance da luz, Rain está de roupão, a cara inchada e sem maquiagem, mas sua beleza é momentaneamente toldada, as velas do apartamento foram acesas apesar do pânico que se insinua e só o que consigo ouvir é uma porta batendo, Rain desliga o telefone, Amanda entra e não ouço o que elas dizem mesmo quando Rain começa a gritar com ela. Amanda diz algo que faz Rain parar de gritar, ela ouve Amanda, as duas mulheres de repente ficam histéricas e quando Amanda estende a mão, tentando pegá-la, Rain dá um tapa na cara de Amanda. Amanda tenta revidar, mas cai nos braços de Rain e elas se abraçam por um bom tempo até que Amanda se ajoelha. Rain a deixa ali e prepara às pressas uma bolsa de ginástica que está no sofá, e Amanda, frenética, engatinha até Rain e tenta impedi-la. Rain atira a bolsa de ginástica e Amanda a pega, chorando. E quando entendo que é Amanda Flew que divide o apartamento com Rain, tenho de virar a cara.

Dois clarões silenciosos atrás de mim iluminam brevemente a lateral do prédio e é quando me viro que percebo um Mercedes preto estacionado em fila dupla na Orange Grove, os clarões vindo da janela aberta do carona, depois a janela se fecha. Uma percepção vaga: alguém está tirando fotos minhas na frente do apartamento de Rain e Amanda. Tremendo, ignoro o carro e afasto-me devagar do prédio, descendo a rua até o BMW em ponto morto. Entro no carro. Saio do meio-fio. Rodo pela Orange Grove passando pelo Mercedes, que começa a me seguir quando entro na Fountain, e viro à esquerda. O mesmo faz o carro preto. Acelero o BMW, mas pelo retrovisor o Mercedes me acompanha, costurando pelas pistas. Piso no acelerador para passar pelo sinal e dou uma guinada para La Cienega. O Mercedes também ultrapassa o sinal, cantando pneus no asfalto molhado. Paro no sinal da Holloway, as luzes altas do carro preto pressionando o BMW, e entro à direita no Santa Monica, tentando parecer despreocupado, como se de repente não tivesse consciência do Mercedes. Mas ele me segue até o Doheny Plaza, e, quando entrego o BMW ao manobrista, finjo não ver o Mercedes que vira a esquina na Norma Place, reduzindo enquanto eu me viro e entro no saguão, e só então o ouço acelerar.

No apartamento, tremendo e molhado, segurando um copo de vodca com as duas mãos no escuro da sacada, a tempestade vergastando a cidade, estou olhando o Mercedes preto subir e descer pela Elevado e recebo um torpedo de um número bloqueado – *Ei, gringo, não pode se esconder* – acompanhado de um smiley sorridente e piscando, e nessa noite sonho com o menino, o mesmo sonho que Rain teve, mas agora o menino, bonito e sem camisa, foi da cozinha para a sala, e eu fico perguntando a ele, "Quem é você?", e por algum motivo ele gesticula para mim, os músculos de seus braços e do peito se retesando, quando ele se aproxima posso ver a tatuagem de um dragão no braço, há sangue no cabelo, e quando entro cambaleando no banheiro de hóspedes no meio da noite, derrubando algumas coisas de Rain enfileiradas na pia, acendo a luz, e no espelho acima da bancada, escrito em alguma coisa vermelha, estão duas palavras: DESAPAREÇA AQUI.

Mais uma festa de premiação, desta vez no Spago, e embora sempre exista o risco de ver alguém que não se quer, não dou a mínima, e como Rain só vai aparecer amanhã, eu me vejo parado no salão principal de jantar preso por acaso numa conversa com Muriel e Kim, que não me perguntam por que eu não estava na festa de Alana na casa de Blair e se afastam depois de um fotógrafo tirar uma foto de nós três, e tudo bem que Trent e Blair estejam no terraço, nenhum dos dois vai falar comigo porque tem muita gente na festa desta noite. Daniel Carter sorri com impaciência para mim e, embora eu não queira que Daniel se aproxime, Meghan Reynolds não parece estar por perto e não há o que fazer a não ser ficar parado. Daniel e eu estamos com camisetas James Perse e blazers caros, e ele pergunta sobre *The Listeners*, eu digo que gostei do filme dele, que fui à estreia em dezembro, depois falamos de como a abertura do novo *Sexta-feira 13* foi grande e discutimos como foi realizado um determinado efeito especial enquanto Daniel fica esticando o pescoço, erguendo as sobrancelhas para alguém do outro lado do salão e sorrindo.

– Parece que você pegou um sol por lá – diz Daniel, gesticulando para minha cara avermelhada.

– É – digo. – Sabe como eu sou: eu me queimo com facilidade.

– Esteve em Nova York, não é? – pergunta Daniel. – Há quanto tempo está aqui? Soube que voltou para o Doheny.

– Não sei quanto tempo vou ficar – digo. – Nova York parece... acabada.

– E este lugar está...? – pergunta Daniel, esperando que eu complete a frase.

– Acontecendo. – Dou de ombros. – Agora sou uma pessoa diferente. – Abro um sorriso falso.

– Não me diga que está pensando em voltar a morar aqui? – diz ele. – Porra, se eu pudesse dar o fora desse lugar...

E então Meghan aparece e se curva de leve para Daniel e diz, "Oi, Clay"; se eu não estivesse bêbado não conseguiria ficar parado ali, eu tinha me esquecido de como é Meghan de perto e isso me abala como sempre abalou, mas tenho de fingir que não há nada de errado. Meghan me olha com indiferença e meu sorriso fingido é uma repreensão dizendo a ela que estou feliz por ela ter lidado bem com todas as coisas que fez comigo, e perto do final de tudo eu tinha implorado a ela para fugirmos deste lugar e estávamos sentados em um sushi bar no Ventura Boulevard em Studio City, era verão e eu me lembro de ver sentado na outra ponta do sushi bar um ator mirim que já foi famoso e agora era considerado velho aos 33 anos, enquanto Meghan ficava sugerindo que estava tudo terminado entre nós. Agora, no Spago, não sei o que Meghan disse a Daniel sobre mim, embora ela tenha um papel no próximo filme dele. Ela menciona que me viu numa projeção em que eu não estava, e de repente me lembro de estar andando na frente da emergência do Cedars-Sinai pedindo desculpas a ela no Quatro de Julho.

– Olha – diz Daniel –, gostaria de falar com você sobre uma ideia. – Ele fala de um roteiro que escrevi chamado *Adrenaline*, que o estúdio parece ter resgatado.

– Legal – digo. Estou segurando um copo que só contém gelo e lima, os restos de uma margarita.

– Você está tão magro – sussurra Daniel antes de se afastar com Meghan.

Rain ligou duas vezes, deixou um torpedo e eu ignorei, mas quando vejo Daniel cochichando alguma coisa no ouvido de Meghan enquanto saem do Spago, retorno a ligação de Rain e ela não atende.

O dr. Woolf deixa um recado no telefone fixo cancelando a sessão do dia seguinte, dizendo que não pode mais me ver como paciente, mas que vai me indicar a alguém e na manhã seguinte dirijo para o prédio em Sawtelle e estaciono no quarto andar da garagem, esperando o término de sua consulta do meio-dia porque é quando ele faz o intervalo para almoçar e estou ouvindo sem parar uma música com a letra *So leave everything you know and carry only what you fear...*, estou assentindo para mim mesmo enquanto fumo e faço uma lista de todas as coisas que não vou perguntar a Rain, decidindo que vou aceitar todas as falsas explicações que ela vai me dar, e este é o único plano, depois me lembro de alguém que me avisou que o mundo deve ser um lugar onde ninguém está interessado em suas perguntas e que, se você estiver sozinho, nada de ruim pode lhe acontecer.

No silêncio da garagem, o dr. Woolf destranca um Porsche prata. Saio de meu carro e ando até ele, chamando seu nome.

Ele primeiro finge não ouvir, depois fica assustado quando se vira. Fica irritado quando vê quem é, mas sua cara relaxa quase como se ele estivesse esperando por isso.

– Por que não pode mais me ver? – pergunto.

– Olha, só não vou poder te ajudar...

– Mas por quê? – Continuo me aproximando dele. – Não entendi.

– Você andou bebendo? – pergunta ele, sacando um celular do bolso como uma espécie de alerta.

– Não, não andei bebendo – murmuro.

– Tem um cara muito bom em West Hollywood que vou recomendar a você.

– Não estou nem aí – digo. – Não quero uma merda de indicação.

– Clay, calma...

– Por que não sou mais seu paciente, merda?

– Olha, Clay, entre nós... – Ele para, faz um gesto aflito e sua voz se suaviza: – Denise Tazzarek. – Ele deixa o nome pairar ali nas sombras da garagem. – Não posso ajudar você com... isso.

Fico parado por um segundo, hesitando.

– Peraí, quem é Denise Tazzarek?

– A pessoa que você anda vendo – diz ele. – Aquela de quem falou na última sessão.

– O que tem ela?

Ele me olha como se eu estivesse perturbado.

– A mulher de quem você falou se chama Denise Tazzarek – diz ele, baixando a voz. – Eu sei quem é.

– Não entendi.

– Eu sei quem é e não vou me envolver com ela – diz ele. – Tive dois pacientes envolvidos com ela e está se transformando num conflito de interesses. – Ele faz uma pausa. – Não há nada que eu possa fazer.

– E você acha que é... a mesma mulher?

– É – diz ele. – É a mesma mulher. Seu nome verdadeiro é Denise Tazzarek – diz ele. – Essa garota de quem você esteve falando, a Rain Turner? Ela é Denise Tazzarek.

Estou me preparando para o pior de novo, loucamente alerta.

– O que você sabe dela que... eu não sei?

– Eu lhe falei na nossa última sessão: fique longe dela – diz ele, voltando ao Porsche. – É só o que você realmente precisa saber.

Eu me aproximo dele.

– Então você conhece Rip Millar?

– Clay... – Ele senta no banco do motorista.

– E Julian Wells?

– Preciso ir...

– E Kelly Montrose?

O dr. Woolf coloca a chave na ignição, mas para de repente à menção deste nome. Virando-se para mim, levanta a cabeça e diz:

– Kelly Montrose era meu paciente. – E fecha a porta e vai embora.

O manobrista do Doheny Plaza abre a porta do BMW para mim, e enquanto saio diz que alguém está esperando no saguão, e é quando vejo o Audi de Julian, sujo de lama e chuva, estacionado na frente do prédio. Andando para o saguão eu quase me viro e volto ao BMW, mas uma onda de raiva toma a decisão por mim. Julian está de Ray-Ban, sentado numa cadeira, olhando despreocupadamente o telefone, mas ainda posso ver o olho um tanto inchado e o lábio cortado, os desbotados hematomas pretos e roxos no pescoço bronzeado e o pulso com curativo. Não digo nada ao passar por ele. Só faço um gesto para ele se levantar e me seguir. O porteiro à mesa olha para Julian com preocupação e depois para mim antes de eu dizer, "Está tudo bem". Julian me acompanha ao elevador e não dizemos nada enquanto ele me segue pelo corredor do décimo quinto andar, o único som quando ele dá um pigarro, eu destranco a porta e entramos no apartamento.

Julian se senta com cautela no sofá modulado e está vestido com estilo, sua aparência é boa, apesar do que lhe aconteceu, ele parece tentar manter a calma, mas faz uma leve careta quando coloca o pé no banco e, quando tira os óculos com a mão cujo pulso tem curativo, é revelada a extensão do hematoma.

– O que houve com você? – pergunto.

– Nada – diz ele. – Não importa.

– Quem fez isso com você?

– Não sei – diz Julian; depois, procurando por uma resposta, diz algo que mais parece uma sugestão: – Uma garotada mexicana. – Depois: – Não vim aqui para falar disso.

– Por que veio aqui?

– Sei que você sabe da Rain – diz ele. – Não precisava deixar aquele recado outra noite. Acho que todo mundo sabe o que está acontecendo.

– Meu Deus, Julian, que merda está fazendo? – pergunto numa voz abafada.

– Deve parecer mais complicado para você do que realmente é.

– Isso porque foi você que complicou.

Ele suspira, olhando as portas de vidro deslizantes à luz da tarde que diminui sobre a cidade.

– Posso beber uma água?

– Não é complicado para mim.

– Bom, me desculpe, mas nem tudo gira em torno de você, Clay.

– Mas o que quer dizer com isso? – digo, de pé junto dele. – Nem mesmo sei o que isso significa.

– Quer dizer que existe um mundo lá fora e nem tudo diz respeito a você.

– Você está louco – murmuro. – Totalmente pirado.

– É o que é, Clay.

– Cale a boca – murmuro, andando pela sala, acendendo um cigarro. – Que besteira é essa... *É o que é?*

– Não sei por que está tão irritado – diz Julian. – Você teve o que queria.

– E você, teve o que queria? – Gesticulo para os hematomas. – Foi o Rip que lhe fez isso?

– Já te falei – disse Julian. – Foram uns garotos mexicanos. – E ele pede água de novo.

Quando levo uma garrafa de Fiji a Julian, ele agradece com um gesto de cabeça e diz depois de tomar um gole cauteloso:

– Eu não falo mais com Rip.

– Por que não? – pergunto. – Ah, espera, deixe-me adivinhar.

Julian dá de ombros e estremece ao se curvar para colocar a garrafinha de plástico no banco.

– A questão não é tanto eu.

– Bom, então o que acha que é, se não é você?

– Rip surtou quando Rain estava com Kelly...

– Como assim, *surtou*? – pergunto, interrompendo-o. – Então sua namorada estava trepando com Rip e depois trepou com Kelly? E você ainda está com ela?

– Clay, é mais complicado do que...

– Por que Kelly Montrose morreu, Julian? – pergunto, parado junto dele, a mão trêmula segurando o cigarro. – O que aconteceu com Kelly? Por que ele está morto?

Julian me olha e percebe algo. Ainda me encarando, ele pensa se deve dizer alguma coisa.

– Olha, nem tente ligar os pontos.

– E por que não?

– Isto não é um roteiro – diz Julian. – Não vai fazer sentido. Nem tudo vai se resolver no terceiro ato.

– Qual era a ligação de Rip com Kelly?

– No início era Kelly investindo em uma boate, e eles tiveram uma... divergência.

– Sobre a Rain?

Julian dá de ombros.

– Acho que em parte, sim.

Tento de novo.

– Só quero saber no que eu me meti. Me diga.

– No que *você* se meteu? – Julian demonstra surpresa. – Você não se meteu em nada. Talvez pareça que sim, mas não é verdade.

– Amanda Flew divide o apartamento com Rain, não é?

– Sim, divide – diz Julian, confuso. – Não sabia disso?

– Ela tem um Jeep azul, não é? – digo. – Por que ela anda me seguindo?

– Ela saiu da cidade. Mandy não está mais aqui – diz Julian. – Não sei por que ela seguiu você. – Pausa. – Tem certeza de que era ela?

– E as duas estavam com Rip? – pergunto. – Rain e Amanda estavam com Rip?

Ele suspira.

– Quando Rain e eu demos um tempo, Rip começou a transar com ela... E depois, quando ela conheceu Kelly, bom, Rip começou a sair com Mandy – diz Julian. – E isso não durou, depois ele tentou voltar com Rain, mas... não ia dar certo.

– Por que não?

– Porque ele é... complicado. – Uma pausa. – Ou a essa altura você não sabe disso?

Curvo-me para Julian, baixando a voz:

– Alguém está vigiando este apartamento, Julian. Há carros na Elevado observando este lugar à noite. Gente invadindo e mexendo nas minhas coisas. Recebo torpedos me avisando de umas merdas e nem sei de que porra estão me avisando, mas acho que tudo está relacionado com... – E de repente não consigo dizer isso: *sua namorada*. Só o que posso dizer é: – Não minta para mim. Sei que ainda estão juntos.

Julian dá de ombros, lento e evasivo.

– Bom, se você parar de vê-la, talvez o resto também pare. – Ele pensa em algo. – Se não quiser mais vê-la e não quiser ajudá-la, talvez toda essa história acabe. – Ele pega a água de novo. – Talvez isso nem baste. Pode haver muitas... sei lá... variáveis... de que não tenho conhecimento.

Um longo silêncio antes de eu falar:

– Você está esquecendo de uma coisa.

– Esquecendo de quê? – Ele parece genuinamente curioso.

– Uma das variáveis.

– Qual? – Ele quase tem medo de perguntar.

– Eu gosto dela.

Julian suspira e começa a se sentar reto.

– Clay...

– E não me importo nada com qualquer outra merda que esteja rolando.

– Gosta mesmo dela, Clay? – pergunta Julian com tristeza. – Ou gosta de outra coisa?

– Como assim, Julian?

– Não é a primeira vez que você passa por isso – diz ele, escolhendo com cuidado as palavras. – Sabe como esta cidade é. O que esperava? Você mal a conhece. Ela é atriz.

– Foi isso mesmo que eu ouvi? Você tem um serviço de escort e vem me dizer isso?

Julian suspira de novo.

– Eu só estava fazendo uns favores. Foi uma bobagem. Acabou. Não seja tão ingênuo.

– Você está cafetinando sua namorada e me fala essas merdas?

– Tá legal, olha, sei aonde quer chegar. Entendo para onde tudo isso vai. Eu só queria pedir desculpas. – Ele se levanta e se apoia nas costas do sofá, segurando-se. – Eu deveria saber que você iria reagir dessa maneira. Pensei que você acharia, sei lá, divertido... Que, sei lá, você iria tirar alguma coisa disso e, bom, ela também tiraria e você não levaria tão a sério.

– Por isso você ficou tão interessado no filme, não foi? – digo. – Porque queria que eu desse um papel à sua namorada?

– Bom, é. – Julian faz uma pausa. – Pensamos que daria certo. Mas se não vai mais vê-la, vamos encerrar esse assunto.

– Isso pode ter um ajuste.

– Como assim?

– Porque vou vê-la hoje à noite – digo.

– Sei que vai – diz Julian. – Porque você ainda vai ajudá-la, não é?

Rain vê Amanda Flew pela última vez no domingo depois da noite em que fico na frente de seu prédio em Orange Grove, e, segundo Rain, Amanda passa aquela noite no quarto e está tudo "bem", mas, pelo que vi naquela noite, sei que não está tudo "bem", que algo aconteceu, pressionando Amanda a sair da cidade. Amanda devia partir no dia seguinte para ficar com Mike e Kyle em Palm Springs e só "esfriar a cabeça" por algumas semanas, mas como dormiu tarde e há poucos motivos para sair de Los Angeles, ela só deixou o apartamento em Orange Grove depois do anoitecer. Rain jamais quis que Amanda – uma mulher que agora me descrevia como "crédula demais" – fizesse aquela viagem de carro sozinha, e muito menos à noite, e muito menos com vinte mil dólares em espécie numa das bolsas de ginástica que levava, mas Amanda insiste a ponto de logo ameaçar não ir de jeito nenhum, então Rain e os dois caras de Palm Springs dizem a Amanda que a única maneira de isso dar certo é Amanda entrar em contato com eles a cada dez minutos, seja com Rain ou com Mike e Kyle na casa no deserto, e Amanda concorda em sair de Orange Grove às 8:45 e só liga para Rain quando está passando pelo centro de Los Angeles às 9:15. Depois deste primeiro telefonema, as coisas parecem degringolar com muita rapidez.

De 9:30 às 10h, Amanda não atende ao telefone. Uma ligação é feita à casa de Palm Springs lá pelas 10:15 e Amanda parece calma e diz a Mike e Kyle que vai chegar mais tarde do que pensava, encontrará alguém numa lanchonete em Riverside, mas está tudo bem, e que não contem a Rain. Ao que parece, nem Rain nem Mike ou Kyle pensam que está tudo bem, e Mike de imediato parte de carro para a lanchonete em Riverside. O telefonema seguinte para Kyle vem às 11h e Amanda diz que não está mais em Riverside, mas indo para Temecula. Kyle liga para Mike e avisa que ela não está em Riverside, e Amanda não responde a nenhum torpedo nem atende aos telefonemas de Rain – *Isso é uma merda completa*, diz um deles, *você vai morrer* –, e se segue uma discussão sobre ligar para a emergência que depois é rapidamente abandonada, e, segundo uma garçonete com quem Mike fala na lanchonete de Riverside, Amanda encontrou dois homens na entrada da loja e até beijou um deles no rosto, embora a garçonete não tivesse uma visão clara de quem Amanda tenha beijado. O último telefonema é dado uma hora depois e Amanda está explicando a Kyle que o verá amanhã, mesmo depois de Kyle avisar que Mike está saindo de Riverside, a caminho de Temecula. A essa altura alguém tira o telefone de Amanda e ouve Kyle começar a gritar para Amanda dizer exatamente onde está, e Kyle pode ouvir Amanda ao fundo gemendo, "Anda, para com isso, me devolve o telefone, vai".

– Quem é? Alô? – grita Kyle antes de o sinal emudecer.

Amanda não apareceu em Palm Springs na manhã seguinte, e quando se confirma a Rain que Amanda não chegou na tarde seguinte, por algum motivo isto é tomado como um mau sinal e não algo natural a alguém que me foi descrito como "louca" e "muito atrapalhada", em quem Rain deu na cara no apartamento em Orange Grove, que leu minha mão numa sala de espera de aeroporto e tinha um caso com Rip Millar, que era, na realidade, membro de sua "trupe de garotas". As primeiras notícias nefastas chegaram no início daquela noite: Mike e Kyle encontraram o Jeep azul de Amanda num estacionamento da Interestadual 10, nos arredores de Indio. Todas as bolsas tinham sumido, inclusive aquela com os vinte mil dólares em espécie.

Estou ouvindo pacientemente Rain tentar me dar uma versão da história que foi editada com cuidado suficiente para que eu não tenha de fazer perguntas e ela diz que não devia estar me contando tudo aquilo, mas a necessidade aparentemente é irresistível, embora ela tenha omitido o verdadeiro medo enquanto tenta se acalmar com Patrón e um baseado, garantindo a si mesma que Amanda um dia vai aparecer. Insisto em dizer a Rain que talvez houvesse um mistério exigindo uma solução de Amanda. Digo a Rain que talvez Amanda quisesse respostas para alguma coisa. O que também acalma Rain, além da tequila, do baseado e do Xanax que lhe dou, é o teste para *The Listeners* que arranjei para a semana que vem.

– O que Julian acha? – pergunto quando ela fica muito tempo em silêncio. – De Amanda?

Ela não pode responder, porque o nome de Julian não pode mais ser mencionado entre nós. Termino a bebida que está na minha mão.

– Bom, talvez Rip esteja envolvido nisso – digo, imitando uma criança que investiga um crime. – Rip estava trepando com ela também? Ele também deve estar preocupado.

Rain se limita a dar de ombros, ignorando-me.

– Talvez.

– Talvez ele esteja preocupado, ou quem sabe está trepando com ela e esteja envolvido nisso?

Ela não diz nada, só olha pela janela de meu escritório, arriada na cadeira enquanto me sento atrás da mesa, observando-a.

– Se acha que o desaparecimento dela tem ligação com Rip, não deveria procurar a polícia? – pergunto num tom arrastado e distante.

Rain se vira e me olha como se eu fosse louco.

– Você não se importa, não é? – pergunta ela.

– Você nunca me disse o que houve entre você e Kelly Montrose.

– Não foi nada. O que disseram a você, seja o que for, não é verdade. – Ela se volta para o copo de tequila e o termina. – Nunca aconteceu nada entre mim e Kelly.

– Não acredito em você – digo, girando lentamente em minha cadeira, planejando como esta cena vai se desenrolar. – Você deve ter prometido alguma coisa a ele.

– Nem todo mundo é igual a você.

Não digo nada.

– Talvez Kelly quisesse que acontecesse alguma coisa – por fim admite ela. – Talvez por isso ele tenha dado o telefonema por mim. Não sei.

– E talvez isso explique por que Rip ficou tão furioso – digo, tentando continuar calmo. Tentando dominar minha empolgação. – Talvez ele achasse que Kelly estava prestes a dar em cima de você...

– Rip Millar é só... muito escroto.

– Talvez por isso vocês dois se entendam tão bem.

– Está mesmo falando comigo desse jeito?

– Você sabia de alguma coisa naquele dia – digo a ela. – Sabia que aconteceria alguma coisa com Kelly. Um dia antes de você ir para San Diego com aquele merdinha. Kelly ainda não tinha sido encontrado, mas você sabia que Rip tinha feito alguma coisa...

– Vai se foder – grita ela.

– Eu não ligo mais – digo por fim, aproximando-me dela, afagando seu pescoço.

– Você não liga mesmo, não é?

– Eu não conheço Amanda, Rain.

– Mas conhece a mim.

– Não. Não conheço.

Inclino-me para dar um beijo em seu rosto.

Ela vira a cara.

– Não quero – resmunga Rain.

– Então saia daqui – digo. – Não me importa se nunca mais vai voltar.

– Amanda está desaparecida e você...

– Eu disse que não ligo. – Pego sua mão. Começo a puxá-la para o quarto. – Vamos.

– Esquece isso, Clay. – Seus olhos estão fechados e ela faz uma careta.

– Se não vai fazer nada, precisa ir embora.

– E se eu for, o que vai acontecer?

– Vou telefonar para Mark. Para Jon também. Vou ligar para Jason. – Faço uma pausa. – E cancelar tudo.

Ela de imediato avança para mim e pede desculpas, depois está me guiando para o quarto, é assim que eu sempre quero que a cena se desenrole, e depois rola, e é assim porque não funciona para mim se não for desse jeito.

– Você deveria ter mais compaixão – diz ela depois, no escuro do quarto.

– Por quê? – pergunto. – Por que eu deveria ter mais compaixão?

– Você é de Peixes.

Eu paro, deixando a declaração pairar ali enquanto define onde eu terminei.

– Como sabe disso?

– Amanda me contou – diz ela em voz baixa.

Não digo nada, embora seja difícil deixar essa declaração sem resposta.

– Qual foi a pior coisa que te aconteceu na vida? – pergunta ela, e parece um eco. Sei o que é, mas finjo não saber.

No Getty, dois executivos da DreamWorks dão um jantar para o curador de uma nova exposição, vou sozinho e estou de melhor humor, só flutuando por ali, com boa aparência, meio bêbado, e fico no terraço olhando o céu mais escuro e me perguntando, "O que Mara diria?". E na estrada que subia eu estava no mesmo carro de Trent e Blair, ouvindo Alana contar suas frustrações com um cirurgião plástico, e concordo enquanto vejo o trânsito acelerando na 405 abaixo de nós, dali onde estou nada é visível nos desfiladeiros escuros até que as luzes da cidade silenciosa jorram daquela escuridão e fico olhando o telefone, procurando mensagens, quase terminando meu segundo martíni quando um rapaz de uniforme de garçom me diz que o jantar será servido em 15 minutos e o rapaz é substituído por Blair.

– Espero que não esteja dirigindo esta noite – diz ela.

– Olha, eu tive uma sensação ruim quando cheguei, mas agora estou feliz.

– Parece de bom humor.

– E estou.

– Quando vi você no Spago outra noite, não pensei que poderia ficar feliz.

– Bom, agora estou.

Ela faz uma pausa.

– Acho que não quero saber por quê.

Termino o martíni, coloco o copo num ressalto e sorrio de um jeito inofensivo para ela, estou meneando um pouco e Blair olha o mar que brilha em curva para nós, a quilômetros e quilômetros de distância.

– Pensei em ignorar você, mas depois decidi pelo contrário – diz ela, aproximando-se de mim.

– Agora me sinto pressionado, mas feliz por estar falando comigo. – Eu me volto para a vista da cidade. – Por que não falou comigo por tanto tempo? O que foi aquilo?

– Eu estava pensando em minha própria segurança.

– Por que está falando comigo agora?

– Você não me mete mais medo.

– Então virou uma otimista.

– Continuava achando que podia mudar você – diz ela. – Em todos esses anos.

– Mas teria sido quem você realmente queria? – Eu paro e penso. – Ou teria sido quem eu realmente queria ser?

– O que você realmente quer não existe, Clay.

– Por que está rindo ao dizer isso?

– Queria saber se você falou com Julian – pergunta ela. – Ou fez o que lhe pedi e deixou correr?

– Quer dizer, se segui suas instruções?

– Se quiser colocar desta forma.

– É, eu o vi algumas vezes e agora acho que ele saiu da cidade por um tempo. – Faço uma pausa, e continuo: – Rain me disse que não sabia onde ele estava.

Ao ouvir aquele nome, Blair diz:

– Vocês todos têm um relacionamento muito interessante.

– É complicado – digo com despreocupação. – Como sempre.

– A fila dela anda, não é? – pergunta Blair. – Primeiro Julian, depois Rip, depois Kelly e você... – Ela para. – Quem será o próximo?

Não digo nada.

– Não estou julgando. – Ela se aproxima mais de mim. – Mas Rain sabe onde Julian está. Quer dizer, se eu sei onde Julian está, é claro que ela sabe.

– Qual é sua fonte? – Eu paro. – Ah, tá. Seu marido a representa.

– Não é bem assim. Não há nada para representar. – Ela faz uma pausa. – Acho que você também sabe disso.

– Então onde está Julian? – pergunto.

– Por que quer saber onde ele está? – pergunta ela. – Ainda são amigos?

– Bom, antigamente éramos amigos – digo. – Mas acho... Bom, não, agora não somos. Acontece. – Eu me interrompo, depois não consigo evitar. Pergunto de novo: – Onde ele está? Como sabe onde ele está?

– Fique fora disso – responde Blair suavemente. – Só o que você precisa fazer é ficar fora disso.

– Por quê?

– Porque você só vai piorar tudo.

Deixo que ela me beije na boca, mas estátuas nos olham, além das luzes das fontes, e atrás de nós a lua se reflete no horizonte do mar.

– Ouvi umas histórias sobre você – diz Blair. – Não quero acreditar nelas.

Abro a porta do apartamento. As luzes estão apagadas e há um retângulo branco flutuando abaixo do sofá: um telefone brilhando no escuro, iluminando a cara de Rip. Bêbado demais para entrar em pânico, estendo a mão para a parede e a sala se enche lentamente de uma luz fraca. Rip espera que eu diga alguma coisa, recostando no sofá como se aquele lugar sempre fosse dele, uma garrafa aberta de tequila ao fundo. Finalmente ele menciona algo sobre uma entrega de prêmios em que esteve e, quase como se fosse secundário, pergunta-me onde eu estive.

– O que está fazendo aqui? – pergunto. – Como entrou?

– Tenho alguns amigos no prédio – diz Rip, explicando algo supostamente muito simples. – Vamos dar um passeio.

– Por quê?

– Porque seu apartamento não deve ser... – ele semicerra os olhos para mim – ... seguro.

Na limusine, Rip me mostra e-mails recebidos na conta allamericangirlUSA de Rain. São quatro e eu leio cada um deles no iPhone de Rip enquanto passamos por uma Mulholland deserta, uma música antiga de Warren Zevon pairando no escuro refrigerado. A princípio nem sei o que estou olhando, mas no terceiro e-mail eu supostamente escrevi que *vou matar aquele escroto* – uma referência ao "namorado" de Rain, Julian – e o e-mail se transforma em mapas que precisam ser redesenhados a fim de que sejam adequadamente seguidos, mas eles são corretos em certos pontos e têm um segredo e uma estratégia definida, embora outros detalhes sobre Rain e eu não batam, coisas que não têm nada a ver conosco: as referências à cabala, comentários sobre um número musical de uma recente entrega de prêmios que eu nunca vi, Hugh Jackman cantando uma versão irônica de "On the Sunny Side of the Street", meu interesse pelos signos do zodíaco – todo um monte de equívocos dos pormenores de nosso relacionamento. Releio continuamente este e-mail e me pergunto quem escreveu essas coisas – pistas que deviam ser seguidas, uma ideia que deve levar a algum lugar – até que acordo: não importa, tudo leva a mim, eu invoquei isto para mim mesmo.

– Leia o próximo, por favor. – Rip pula para o e-mail seguinte com a despreocupação de quem está folheando um livro. – Referência interessante a você e à piranha da colega de apartamento sumida.

No quarto e-mail eu supostamente escrevi *Vou fazer a Julian o que já fiz com Amanda Flew.*

– Como conseguiu isso? – pergunto, as mãos agarradas ao iPhone.

– Me poupe. – É só o que Rip diz.

– Eu não escrevi isso, Rip.

– Talvez tenha escrito – diz Rip. – Talvez não. – Ele se interrompe. – Talvez ela tenha feito. Mas constatou-se que todos foram enviados de uma de suas contas de e-mail.

Continuo lendo por alto um e-mail e volto a outro.

– *Vou matar aquele escroto* – murmura Rip. – Não parece você, mas quem sabe?... Quer dizer, você às vezes pode ser um cara frio, mas... estes são verdadeiramente sinceros e tristes. – Ele lê um deles: – *Mas desta vez houve uma explosão e meus sentimentos de homem não podem se adaptar...* – Ele começa a rir.

– Por que está me mostrando essas coisas? – pergunto. – Eu não as escrevi.

– Porque elas podem incriminá-lo.

Afasto-me de Rip, incapaz de disfarçar meu ódio.

– Em que filme você acha que está?

– Talvez num dos lixos que você escreveu – diz Rip, agora sem rir. – Bom, então, quem escreveu os e-mails, Clay? – pergunta ele numa voz forçada e jocosa, como se já soubesse a resposta.

– Talvez ela mesma tenha escrito – murmuro no escuro.

– Ou talvez... outra pessoa os tenha escrito – diz Rip. – Quem sabe alguém que não gosta de você?

Não digo nada.

– Barry o avisou sobre ela, não foi? – pergunta Rip.

– Barry? – murmuro, encarando o iPhone. – Que Barry?

– Woolf – diz Rip. – Seu logoterapeuta. – Ele se detém. – Aquele de Sawtelle. – Rip se volta para mim. – Ele o avisou sobre ela. – Mais uma pausa. – E você não deu ouvidos.

– E se eu lhe dissesse que não dou a mínima para isso?

– Bom, então eu ficaria muito preocupado por você.

– Eu não escrevi essas coisas.

Rip não está ouvindo.

– Já arrancou o bastante dela?

– Como conseguiu isso, aliás?

– Quer dizer, eu sinto por seu... problema – diz Rip, ignorando minha pergunta. – Sinto de verdade.

– Que problema, Rip?

– Você é inteligente demais para se envolver muito – diz Rip devagar, analisando as coisas consigo mesmo –, então deve haver mais alguma coisa que te excita... Você não é tão idiota para ficar de quatro por essas putinhas, no entanto seu sofrimento é real... Quero dizer, tudo mundo sabe que você realmente ficou perdido por Meghan Reynolds... Isso não é segredo, por falar nisso. – Rip sorri com malícia e sua voz fica indagativa: – Mas tem uma coisa que não bate... Você se excita, mas qual é o problema? – Ele se volta para mim de novo no escuro enquanto a limusine desliza pela Beverly Glen. – Será que você realmente fica excitado com o fato de elas nunca retribuírem seu amor, apesar de você armar tudo? E será que... – ele se interrompe, pensando melhor – que você é tão mais maluco do que qualquer um de nós realmente saiba?

– É, é isso, Rip. – Eu suspiro, mas estou tremendo. – Deve ser isso mesmo.

– Alguém não gosta de você e jamais gostará – diz Rip. – Pelo menos não como você quer que gostem, mas ainda assim você ainda pode controlá-las momentaneamente graças às coisas que elas querem de você. Você criou e mantém um sistema e tanto. – Ele faz uma pausa. – Romance. – Ele suspira. – Que interessante.

Continuo olhando o iPhone, embora não queira mais.

– Acho que o consolo é que ela não será linda para sempre – diz ele. – Mas gostaria de estar com ela antes que isso aconteça.

– O que está dizendo? – pergunto, o medo avançando. – O que significa tudo isso?

– Significa muitas coisas, Clay.

– Quero sair daqui – digo. – Quero que me deixe aqui.

Rip fala:

– Significa que ela nunca vai amar você. – Uma pausa. – Significa que tudo é uma ilusão. – E Rip pega meu braço. – Ela está armando pra cima de você, *cabrón*.

Devolvo o telefone a Rip.

– Eu já disse que não te vejo como uma ameaça – diz Rip. – Pode continuar fazendo o que quiser com ela. Não me importa, porque você não está atrapalhando em nada. – Ele reflete um pouco. – Ainda não.

Rip pega o telefone de mim e guarda no bolso.

– Mas Julian... Rain gosta dele. – Rip faz uma pausa. – Ela só está usando você. Talvez seja isso que te deixa excitado. Não sei. Será que ela consegue o que quer? Provavelmente não. Não sei. Não me importa. Mas Julian? Por algum motivo que não consigo entender, ela *realmente* gosta dele. Só o que você está fazendo é prolongar o problema. Você sustenta essa farsa e ela obedece porque acha que vai aparecer no seu filme. E isso a está aproximando mais de Julian. – Ele faz outra pausa. – Você nem se dá conta do medo que deveria sentir, não é?

Antes de me deixar sair, Rip diz:

– Julian desapareceu. – A limusine se arrasta pela entrada do Doheny Plaza. Descendo a Beverly Glen e em todo o Sunset, Rip respondia a mensagens de texto das pessoas enquanto "The Boys of Summer" se repetia no som. – Ele não está em casa, em Westwood. Não sabemos onde ele está.

– Talvez tenha ido encontrar Amanda – digo, olhando pela janela escura a cabine vazia do manobrista.

– Isso não deveria ser tarefa de Rain? – pergunta Rip, sem se deixar abalar. – Ah, esqueci. Ela tem um teste esta semana, não tem?

– Sim – digo. – Tem.

– Ela não parecia muito preocupada com a colega de apartamento – diz Rip. – Pelo menos não tanto como trabalhar em seu filminho.

– Como é que ela deveria estar preocupada, Rip? – pergunto. – Onde está Amanda? – Respiro fundo antes de perguntar: – Você sabe? – Paro de novo. – Quer dizer, você ficou com ela também. Depois que Rain te trocou por Kelly? Acho que foi aí que aconteceu.

– As mulheres não são lá muito inteligentes – diz Rip. – Já fizeram estudos sobre isso.

Não consigo ver seu rosto. Só ouço sua voz, que, pelo que percebo, está como eu quero.

– Por que tudo isso? – pergunto. – Vingança? Achou que Rain se importaria de você trepar com a amiga dela?

– Ele está se escondendo – diz Rip, ignorando-me.

– Meu Deus, por que não esquece essa história?

– Ele está escondido. – Rip faz uma pausa. – Pensei que talvez você soubesse onde ele está. Pensei que me contaria.

– Não dou a mínima para onde ele está.

– Por que não pergunta por aí e depois me diz?

– Quem acha que saberia disso? – pergunto. – Por que não conversa com Rain e pronto?

Ele suspira.

– Você mandou dar uma surra nele? – pergunto. – Para dar um gostinho do que aconteceria se ele não a deixasse?

– Você não tem imaginação – diz Rip. – Na verdade é muito limitado.

Rip se curva e coloca um disco no CD player. Volta a se sentar. Um arquejar, o vento e os ruídos de sexo, alguém cochichando enquanto tem um orgasmo, depois vem minha voz e de repente relaciono imagens com os sons: o quarto no 1.508 no prédio assoma sobre nós, a vista da sacada, o fantasma de um garoto vagando perdido pelo lugar. Depois a voz de Rain se junta à minha nos alto-falantes do fundo da limusine.

– Desligue – sussurro. – Desligue isso.

– Não há nada que preste – diz Rip, curvando-se, ejetando o disco. – Não mesmo.

– De onde tirou isso?

– Ah, as perguntas banais que você faz.

– Não estou envolvido com nada disso.

– Quem sabe por que as pessoas fazem o que fazem? – Rip se recosta de novo no banco, sem me ouvir. – Não consigo explicar Julian. Não sei por que ele faz o que faz.

Estendo a mão para a maçaneta.

– Você descobre coisas novas com o tempo – diz Rip. – Descobre coisas sobre si mesmo que nunca pensou que fossem possíveis.

Volto-me para ele.

– Por que não segue com sua vida? Deixe que ele fique com ela e toca sua vida?

– Não posso – diz ele. – Não. Não posso fazer isso.

– E por que não pode?

– Porque ele está comprometendo a estrutura das coisas – diz Rip, enunciando cada palavra. – E isso está afetando minha vida.

Estou prestes a sair da limusine.

– Não se preocupe. Não vou aparecer mais – diz Rip. – Cansei de você. Vai rolar como deve.

– O que quer dizer com isso?

– Quero dizer que eu só queria te dar um aviso – diz ele. – Você foi oficialmente implicado.

– Nunca mais me procure...

– Acho que você quer que ele morra tanto quanto eu – diz Rip antes de bater a porta.

Naquela mesma noite sonho com o garoto de novo – o sorriso preocupado, os olhos molhados de lágrimas, a cara bonita que parece quase de plástico, a foto de Blair comigo em 1984 que ele segura numa das mãos, a faca de cozinha que ele sustenta na outra enquanto flutua pelo corredor na frente do quarto, "China Girl" ecoando pelo apartamento – e depois não consigo evitar: levanto da cama e abro a porta, avanço para o garoto e, quando bato nele, a faca cai no chão. Quando acordo na manhã seguinte há um hematoma em minha mão de quando bati no garoto em sonhos.

Rain chega de moletom e sem maquiagem, está tentando se preparar para o teste marcado para amanhã e não queria vir, mas eu disse que cancelaria se ela não viesse e ela anda jejuando, então não saímos para jantar e quando eu a toco pela primeira vez, ela diz vamos esperar, depois faço outra ameaça e o pânico só esfria ao romper do lacre de uma garrafa de Patrón, em seguida eu trepo com ela sem parar no chão do escritório, no quarto, as luzes ardendo fortes pelo apartamento, o Fray berrando do aparelho de som, e embora eu pensasse que ela estava anestesiada de tequila, ela fica chorando e isso me deixa mais rude. "Está sentindo?", estou perguntando a ela. "Sente dentro de você?", fico perguntando, o medo vibrando por toda Rain, e está congelando no 1.508, e quando pergunto se ela está com frio, ela diz que não importa. E à noite, talvez pela primeira vez, estou sorrindo para o Mercedes preto que continua zanzando pela Elevado, de vez em quando reduzindo para quem quer que esteja atrás dos vidros escuros possa olhar por entre as palmeiras para ao apartamento no décimo quinto andar.

– Só estou te ajudando – digo a ela num tom tranquilizador, tentando acalmá-la, depois ela balbucia suas palavras:

– Não consegue pensar em ninguém, só em si mesmo? – pergunta ela. – Por que não pode simplesmente relaxar? – indaga ela quando começo a tocá-la novamente, murmurando o quanto adoro que seja assim. – Por que não aceita isso como é? – pergunta ela. Ela enrola uma toalha no corpo, que eu arranco rapidamente.

– O que foi? – sussurro. Dou a ela outra dose de tequila.

– É só um filme que você está escrevendo. – Ela agora chora abertamente ao falar.

– Mas nós dois estamos escrevendo este filme juntos, meu amor.

– Não estamos, não – chora ela, a cara uma máscara angustiada.

– Como assim?

– Eu só atuo nele.

E, quando finalmente noto a luz vermelha de mensagens piscando no celular dela na mesa de cabeceira, pergunto, com a mão em seu peito, a outra segurando de leve seu pescoço:

– Onde ele está?

Trent Burroughs me liga e diz para me encontrar com ele em Santa Monica depois do almoço que ele terá com um cliente no Michael's. No píer de Santa Monica, Trent está de terno, sentado num banco na entrada; quando vê que me aproximo levanta a cabeça do telefone, tira os óculos de sol e me olha com cautela. Trent fala que terminou o almoço mais cedo do que pretendia com um ator nervosinho que ele representa, conseguindo convencê-lo a aceitar um papel num filme por uma miríade de razões que beneficiariam a todos.

– Estou surpreso que tenha vindo – diz Trent.

– Por que eu não podia me encontrar com você no restaurante? – pergunto.

– Porque eu não quero ser visto com você – diz ele. – Legitimaria uma coisa que não quero ver legitimada, eu acho.

Começo a andar com ele pelo calçadão. Ele recoloca os óculos escuros.

– Acho que sou mais sensível com as coisas do que pensava – diz ele.

– Coloquei sua cliente num teste hoje – digo, de bom humor pelo modo como Rain reagiu a mim na noite passada.

– É – diz Trent. – Colocou mesmo.

Faço uma pausa.

– Não era por isso que queria me ver?

Trent pensa antes de falar:

– De certo modo.

A roda-gigante vazia assoma sobre nós ao passarmos por ela, mal visível na névoa, só um círculo escuro, e, a não ser por alguns pescadores mexicanos, não há ninguém por perto. Enfeites das festas ainda estão montados e uma árvore de Natal morta com suas guirlandas está encostada na parede descascada do fliperama, o cheiro fraco de churros flutua para nós de um carrinho de cores vivas e é difícil me concentrar em Trent, porque só o que ouço são as ondas distantes e o guincho de gaivotas voando baixo, o vidente chamando por nós, o órgão tocando uma música dos Doors.

– Não é sobre a Blair? – pergunto de repente.

Trent me olha como se estivesse chocado de eu perguntar isso.

– Não. De jeito nenhum. Não tem nada a ver com a Blair.

Continuo andando com ele pelo calçadão para o final do píer, esperando que ele diga alguma coisa.

– Quero que isso seja rápido – finalmente diz Trent, olhando o relógio. – Tenho de voltar a Beverly Hills às três horas.

Dou de ombros e coloco as mãos nos bolsos do casaco de capuz que uso, uma delas formando um punho em volta do celular.

– Acho que você vai parar tudo com Rain Turner, não é? – pergunta Trent. – Quer dizer, o teste será esta tarde, não é? E depois vai acabar?

– Parar... o quê, Trent? – pergunto com inocência.

– O que você faz com essas meninas. – Ele rapidamente faz uma careta, depois tenta relaxar. – Esse, sei lá, esse joguinho seu.

– Do que está falando, Trent? – pergunto, aparentando a maior despreocupação e diversão possível.

– Prometer-lhes coisas, dormir com elas, comprar coisas para elas e depois você só pode levá-las até certo ponto, e quando não consegue as coisas que prometeu... – Trent para de andar, tira os óculos e olha para mim, perplexo. – Preciso mesmo falar?

– É uma teoria muito interessante.

Trent me fita antes de voltar a andar, depois se detém de novo.

– É interessante que você... o quê? Abandone as garotas? Estrague as coisas para elas depois que elas entendem tudo?

Tenho um estalo.

– Acho que Meghan Reynolds está indo bem – digo. – Acho que ela se beneficiou de me usar.

– Você não precisa realmente trabalhar, precisa? – pergunta Trent. Ele parece genuinamente interessado. – Tem dinheiro de sua família, não tem?

Não digo nada.

– Quer dizer, não pode viver como vive só com o que ganha como roteirista – diz Trent. – Não é assim?

Dou de ombros.

– Eu me viro. – Dou de ombros de novo.

– Sei que Rain Turner não tem chances com aquele papel. – Trent continua andando e coloca de novo os óculos de sol como se fosse a única coisa que o acalmasse. – Conversei com Mark. E com Jon. Acho que você pode continuar trepando com ela pelo tempo que quiser...

– Trent, sabe de uma coisa? Acabo de perceber que isso não é da sua conta.

– Bom, infelizmente, agora é.

– É mesmo? – pergunto, tentando aparentar neutralidade. – E como?

Nós dois somos repentinamente distraídos por um bêbado de traje de banho que gesticula para algo invisível no final do píer, queimado de sol, barbado. Trent tira os óculos e, por algum motivo, não sabe para onde olhar e está mais agitado do que antes, a terra desapareceu atrás de nós e não vem um único som do mar distante, que agora está inteiramente encoberto pela neblina, agora estamos sobre a água e duas asiáticas puxando nacos de algodão-doce de um palito são as únicas pessoas que andam por ali.

– É muito mais complicado do que você imagina – fala Trent numa voz tensa enquanto olha em volta, e eu só quero que ele pare, mas também não quero que olhe para mim. – É... maior do que você pensa. Só o que você precisa fazer é... é... é se afastar – gagueja ele antes de recuperar a compostura. – Não precisa saber de mais nada.

– Me afastar do quê, exatamente? – pergunto. – Dela?

Trent para por um momento, depois decide me dizer alguma coisa:

– Kelly Montrose era meu amigo íntimo. – Ele deixa a frase pairar entre nós.

Paira por tempo suficiente para eu perguntar:

– O que Kelly tem a ver com o motivo de minha presença aqui?

– Rain estava com ele quando ele desapareceu. Eles estavam juntos.

– *Com* ele?

– Bom, ele estava pagando, eu acho...

– Pensei que Rain tinha parado de fazer isso – digo. – Pensei que tivesse conhecido Rip e parado de fazer isso.

– Ela sabe de coisas – diz Trent. – E Julian também.

– Que coisas?

– Do que aconteceu com Kelly.

Olho para a cara inexpressiva de Trent, mas o medo começa a espiralar suavemente à nossa volta e me leva a perceber um louro de bermuda cargo e agasalho recostado numa grade do píer, sem olhar para nós intencionalmente, e percebo que ele não podia ser mais evidente se estivesse segurando cem balões. Gaivotas invisíveis guincham no céu nevoento acima dele e o louro de repente parece conhecido, mas não consigo situar de onde.

– Não estou dizendo que ela é inocente – diz Trent. – Ela não é. Mas ela não precisa que alguém como você piore as coisas.

Volto-me para Trent.

– Mas Rip Millar pode?

Por algum motivo esta pergunta força Trent a calar a boca e pensar em outra tática.

Recomeçamos a andar. Passamos por um restaurante mexicano com vista para o mar. Estamos perto do final do píer.

– O que você ganhou tomando Rain como cliente? – pergunto. – Estou curioso. Por que você aceitou uma garota que sabia que nunca chegaria a lugar nenhum?

Trent acompanha meus passos e sua expressão relaxa por um momento.

– Bom, fez minha mulher feliz ajudar Julian antes que ela percebesse... – Trent se interrompe, pensa bem e continua: – Quer dizer, eu sabia de Julian. Blair e eu não falamos nisso, mas não era um segredo entre nós. – Trent semicerra os olhos e recoloca os óculos. – Se eu tivesse algum problema, não seria com Rain Turner. E não é com Blair.

– Mas você tem problemas com Julian?

– Bom, eu sabia que Blair tinha emprestado a ele uma boa grana... Uns setenta mil, mas para ele isso é muito dinheiro. – Trent anda a meu lado para o final do píer, aparentemente sem perceber o cara que nos segue e eu fico olhando para trás. Noto que ele segura uma câmera. – E eu sabia que ela realmente gostava dele. – Trent faz uma pausa. – Mas também sabia que no final nada ia acontecer com ele.

– E quanto a mim?

– Está vendo? Lá vem você de novo, Clay – diz Trent. – Não se trata de você.

– Trent...

– Resume-se ao seguinte – continua ele, interrompendo-me. – Blair emprestou a Julian uma grande soma. Julian decidiu pegar um empréstimo com Rip para pagar a Blair. Por quê? Não sei. – Trent faz uma pausa. – E foi assim que Rip conheceu a srta. Turner. E, humm, o resto é, bom, é o que é. – Outra pausa. – Preciso dizer mais alguma coisa? Você entendeu?

Olho o louro de novo. Ele devia ser da delegacia de costumes, devia disfarçar, mas não, é quase como se quisesse que o víssemos. Ele continua andando pelo píer, a vinte, talvez trinta metros de nós.

– Rip me falou que ia se divorciar da mulher – digo. – O que eles teriam feito se Kelly não aparecesse? Quanto tempo mais iam fazer esse jogo com Rip se ele realmente seguisse com o divórcio?

– Não. Era seguro – disse Trent com desdém. – O divórcio teria sido caro demais para Rip. Os dois sabiam disso.

– Mas seu amigo Kelly atrapalhou – digo.

– O problema pode ter sido esse – diz Trent, assentindo.

– O problema com o quê?

– O que quer que tenha acontecido entre Rip Millar e Kelly Montrose... – Trent se interrompe, pensando em como se expressar de forma diferente. – Kelly conhecia muita gente. Rip Millar não era a única pessoa que tinha problemas com ele.

Meu iPhone começa a vibrar no bolso do moletom, o som abafado.

– Na verdade – Trent me olha –, você e Rip têm muito mais em comum do que você possa imaginar.

– Ah, não concordo – digo. – Eu não tive nada a ver com a morte de Kelly.

– Clay...

– E não sei como, mas acho que Rip teve. – Paro de andar. – E você sabia de alguma coisa na festa de Natal, não é? Sabia que Rip tinha feito alguma coisa com Kelly. Sabia que Rain o trocara por Kelly e sabia que Rip gostava dela...

Trent me interrompe:

– Ah, é? Bom, acho que todos nós temos nossas teoriazinhas.

– Teorias? – pergunto. – É uma *teoria* você saber que ele devia estar morto naquela noite?

A neblina a tudo suprime: não é possível ver o Pacífico, nem o píer atrás de nós, o restaurante mexicano mal pode ser visto na extremidade do píer e mais nada. O píer desaparece no mar e além dele há apenas um manto de neblina bloqueando todo o céu, assim não há horizonte e Trent se recosta na grade me examinando, querendo ainda continuar a narrativa que quer me dar como resposta, mas eu não presto muita atenção.

– Por que fica olhando o restaurante? – pergunta Trent de repente. – Sua sede por uma margarita ou coisa assim?

Trent não percebe que não estou olhando o restaurante. O louro de agasalho está em algum lugar perto de nós, mas não consigo vê-lo.

– Por que Kelly Montrose morreu? – digo, quase murmurando comigo mesmo, em vez de me dirigir a Trent. – O que houve com Amanda Flew?

Trent é frio o bastante para esconder o desespero que transparece rapidamente em seu rosto.

– Não se trata de Kelly, nem de Amanda. – Trent respira fundo e olha em volta. – Você não entende... Esta... coisa... tem... um escopo, Clay... – Trent se interrompe. – Tem um *escopo*... Há outras pessoas envolvidas e...

– Não pode responder a minha pergunta?

– Mas está me pedindo uma resposta quando não existe nenhuma.

O iPhone em meu bolso começa a vibrar de novo.

– Você esta fedendo a álcool – murmura ele, virando a cara. – Ouvi uns boatos, mas meu Deus do céu.

Cerro o punho em torno do iPhone como se isso o fizesse parar.

– Olha, ela não vai conseguir o papel – diz Trent. – Tá legal? Entendeu?

– Tem certeza disso?

– Acho que qualquer coisa pode acontecer – diz Trent. – Mas não acho que esta seja uma delas.

– Bom, então ela não vai conseguir o papel e para mim vai acabar – digo. – Depois ela vai embora com outro. Ela vai seguir com a vida.

– Não vai, não. Porque você vai lhe oferecer outro – diz Trent rapidamente. – Só vai prolongar isso. Como sempre faz. E, como as outras, ela vai levar algum tempo até entender. – Trent faz uma pausa. – E então, como sempre, vai levar mais tempo ainda para você entender e...

– Por que está aqui, Trent? – pergunto, incapaz de conter o estresse que sussurra em volta de nós. – O que é? Está aqui a mando de Julian? Quer que Rain fique com Julian? Quer que os dois vivam felizes para sempre?

– Não, não, você não está prestando atenção. Você não entende – diz Trent, meneando a cabeça. – Pare de vê-la de vez. Comece esta tarde. Não a veja mais. Não retorne as ligações dela. Ela vai voltar a te procurar, mas não deixe que ela...

– E se eu te mandar tomar no cu?

– Seria muita idiotice.

– Se você não me disser por que eu tenho que me afastar, acho que não vai acontecer o que você quer.

Trent me encara, depois diz alguma coisa que sei que ele não quer falar:

– Se ela puder fazer Rip Millar feliz por mais alguns meses, tudo vai se acalmar. – Trent para e me olha no rosto. – Entendeu agora? Vou precisar explicar mais ainda? Agora Julian não é o verdadeiro obstáculo. É você. Julian já tentou convencê-la a parar de te ver. Mas neste caso, você é o único a quem ela dá ouvidos.

– E por que eu?

– Porque ela acha que você é o único que pode fazer alguma coisa por ela – diz Trent, depois balança a cabeça de novo. – Você é o único que se importa o bastante. – Ele faz uma pausa. – Porque ela acha que você é a única chance dela.

Obrigo-me a rir, mas não é só um gesto para dominar o medo. Quando procuro o iPhone no bolso, vejo que há três mensagens de texto consecutivas: *Por que você está com ele??? POR QUE VOCÊ ESTÁ COM ELE???*

Não ouço nada do que Trent diz até escutar, "Agora, por exemplo, você oficialmente fez de si um alvo", porque isto me lembra do que Rip Millar me disse na traseira da limusine algumas noites atrás.

– O quê? – Levanto os olhos do telefone e, apreensivo, espio no calçadão o cara de agasalho, que reapareceu, fingindo olhar sonhadoramente a distância nebulosa.

– Alguém pode estar armando para você – diz Trent.

– Armando o quê?

Trent percebe algo enquanto eu acendo um cigarro.

– Sua mão está tremendo – diz ele. – Não pode fumar aqui.

– Não acho que alguém por aqui vá me impedir.

No telhado do restaurante mexicano alguém está olhando o píer de binóculo. Depois percebo que o cara que estava nos seguindo tira mais fotos, a câmera apontada para o mar, embora a névoa torne essas fotos quase impossíveis, a não ser que ele esteja tirando fotos de dois caras encostados na grade na ponta do píer de Santa Monica, um deles fumando, o outro afastando-se de frustração. O cara de agasalho atravessa o píer de novo como se procurasse um ângulo melhor e não digo nada a Trent, porque ele não notou o sujeito, e os carrinhos vazios da montanha-russa deslizam devagar em seus trilhos, entrando e saindo da neblina, e alguém canta fraquinho *you're still the one* de um rádio dentro de uma loja de surfe, na praia um surfista se arrasta pela areia perto da beira da água com uma toalha na cabeça feito um turbante.

– Você sabe que ela deu em cima do Mark – diz Trent. – Ou não sabia disso?

Ainda olho o telefone.

O QUE ELE ESTÁ TE DIZENDO?!?

– Ela tentou trepar com ele – diz Trent. – Ele não estava interessado. Mark achou graça disso. Foi na noite seguinte ao teste e ela lhe mandou fotos. Disse que ele podia transar com ela, se quisesse.

Olho de novo o telhado do restaurante, depois semicerro os olhos para o louro com a câmera, agora desaparecendo na névoa.

– Ele disse que ela era velha demais para ele...

– Está querendo me irritar?

Trent passa a outra tática:

– Daniel Carter está interessado em fazer *Adrenaline*. Quer que seja seu próximo filme. A gente podia levar isso adiante. – Trent me olha com esperança. – Isso pode *aplacar* você?

– O que está fazendo, Trent? Por que está aqui? – murmuro. – Se não vai falar abertamente comigo, vou embora.

– Basta cair fora. Deixe-a em paz. Só estou pedindo para você se afastar dela e deixá-la em paz. – Trent faz uma pausa. – Não precisa saber por quê. Não vai conseguir resposta nenhuma. Aliás, se existisse alguma, duvido que importasse a você.

– Não dou a mínima para o que você quer. – Eu me interrompo. – O que quero saber é o que aconteceria se eu chamasse a polícia, hein? E se eu traçasse um cenário tremendamente plausível sobre Rip Millar e o que aconteceu com Kelly Montrose, e se eu procurar a polícia e...

– Não, não vai fazer isso – diz Trent, cansado, virando a cara. – Não quer fazer isso, Clay.

– Por que tem tanta certeza? – Jogo o cigarro fumado pela metade no píer e o apago com meu sapato.

– Sabe aquela garota que você espancou? – diz Trent. – A atriz. A de Pasadena?

De imediato começo a me afastar de Trent.

– Aquela que foi paga por seu advogado asqueroso? Dois anos atrás?

Trent continua me seguindo.

– Ela está disposta a falar – diz Trent, acompanhando-me. – Sabia que ela estava grávida na época da agressão? Sabia que ela perdeu o filho?

Nunca encontraram o corpo de Amanda Flew, mas um vídeo do que parecem ser suas últimas horas é postado na Net em um clip e é preciso fingir que não está olhando para apreender tudo. Amanda está nua e incoerente num quarto de hotel, levando injeções de homens com máscaras de esqui. Ela tem uma convulsão e dois dos homens imensos a seguram enquanto seu corpo se debate sobre os jornais que cobrem o chão, depois retiram ferramentas do que parece ser um cooler de cerveja. Os homens se revezam para urinar nela e batem sem parar em sua cara para mantê-la acordada. Depois as convulsões se intensificam e durante uma delas um globo ocular é desalojado, projetando-se da órbita, e um pau semiereto entra e sai de sua boca frouxa, em seguida é retirado quando começa a escorrer sangue por sua cara, e é a essa altura nos mais ou menos dez minutos de gravação que você finalmente vê: quando o efeito das drogas começa a passar e Amanda percebe o que vai lhe acontecer e olha a câmera com lucidez por um bom tempo, sua expressão em pânico começa a se transformar em outra coisa. E então acontece a coisa que me faz desligar: percebe-se que não se trata só de Amanda. Não consigo deixar de pensar que está acontecendo por minha causa.

Evito tudo. Há um silêncio geral depois que o vídeo é postado, mas ninguém admite que o vídeo é genuíno. Há discussões sobre sua autenticidade. As pessoas acham que são cenas cortadas de um filme de terror que Amanda rodou no ano anterior e nem mesmo os autores do filme de terror podem impedir que esta nova narrativa tome forma. Peço duas garrafas de gim do Gil Turner's, e depois que são entregues faço planos para ir a Las Vegas, reservo uma suíte no Mandalay Bay, mas depois cancelo apesar de já ter preparado duas malas, a lua surge sobre a cidade e pela primeira vez no que parecem anos não há carros na Elevado Street esta noite, e num banho quente penso em ligar para uma garota que sei que viria, mas depois estou deitado na cama com fones de ouvido Bose, bebendo a segunda garrafa de gim, em seguida estou sonhando de novo com o morto e agora ele está de pé no quarto, aproximando-se mansamente da cama, sussurrando para que eu me junte a ele em seu sono sem fim, e no sonho as palmeiras são mais altas e se vergam ao vento do lado de fora da parede de vidraças do 1.508, e quando vejo os hematomas em seu rosto, onde bati no rapaz no sonho anterior, o telefone começa a tocar, acordando-me, mas não antes de o rapaz sussurrar *Me salve...*

– O que Rip disse a você?

É Julian, estou acordando e é final da tarde, o céu começa a escurecer.

– O quê? – Dou um pigarro e pergunto de novo: – O quê?

– Sei que você o viu – diz ele. – Sei que ele está procurando por mim. O que ele queria?

Mal consigo me sentar.

– Acho... foi sobre... o que vai acontecer...

Julian me interrompe automaticamente:

– Não há nada que vá ligá-lo a isto. – O silêncio que se segue confirma que nós dois sabemos a quem ele se refere: Amanda.

– O que está fazendo? – pergunto. – Onde você está?

– Vamos embora esta noite – diz Julian, tentando disfarçar a urgência na voz.

– Quem vai embora?

– Eu e Rain – diz Julian. – Vamos embora esta noite.

– Julian – começo e tento pensar no que quero dizer a ele, mas estou prestes a chorar, nada sai e eu fico agarrando os lençóis embolados em volta de mim, estão molhados de suor e pela primeira vez é real: ela está mesmo indo embora com ele, e não comigo.

– O quê? – pergunta ele com impaciência. – O que é?

– Preciso te ver – digo. – Venha aqui. Quero te ajudar.

– Como é? – pergunta ele, irritado. – Por quê? Me ajudar no quê?

– Rip quer fazer um acordo – digo. – Quer que tudo isso acabe.

Há uma pausa.

– E o que você tem a ver com isso?

– Eu sei de tudo – digo. – Vou resolver essa história. – Paro antes de falar: – Vou pagar a ele. – Por fim, embora eu mal consiga engolir, digo: – Vou acabar com isso.

Julian manda um torpedo duas horas depois de algum lugar perto do Doheny Plaza: *Está sozinho?* Depois: *Posso subir?* Já estou sóbrio ao máximo que posso quando respondo: *Sim.* Quando ligo para Rain, não há resposta, e como Rain não atende, disco outro número e Rip responde.

– Alguém está me seguindo – diz Julian, entrando no apartamento, roçando por mim. – Peguei um táxi. Vou precisar de carona. Você terá de me levar de volta a Westwood. –

Ele se vira e percebe que estou de roupão. Nota o copo de gim que seguro. Olha para mim. – Você está bem? Pode fazer isso?

– Onde está Rain? – pergunto. – Quer dizer, como ela está?

– Não se incomode. – Julian vai até a vidraça e olha para baixo, esticando o pescoço como se procurasse alguém.

– Eu soube, hummm, que o teste foi bem...

– Pare com isso – diz ele, virando-se.

– Ela tem chance de pegar o papel...

– Acabou, Clay – diz ele. – Acabou. Pode parar.

– Não é verdade, Julian. Olha...

– Quero saber por que você esteve com Rip.

– Ele, hummm, quer falar com você – digo. – Ele só quer conversar com você, agora que concordei em pagar a ele...

– Não, ele não quer – interrompe-me Julian.

– Quer, ele quer de verdade... Agora que... – Estou tentando não gaguejar. – Não entende? Estou pagando a ele.

A atitude de Julian muda: ele dá um passo na minha direção, depois para.

– Como sabia disso tudo? – diz ele. – Do dinheiro, quero dizer. Quem te contou?

– Trent – digo. – Foi Trent.

– Merda. – Julian se vira de novo e começa a andar pela sala de estar.

Tento pensar em outra coisa.

– Olha, falei com Rip agora mesmo – digo. – E ele disse que estava tudo legal e... Acho que ele só quer conversar.

– Ele quer Rain – diz Julian. – É o que ele realmente quer. E isso não vai acontecer.

– Ele entende – digo. – Só quer conversar com você sobre... uma coisa. Ele só quer, sei lá, esclarecer as coisas. – Estou me esforçando para a voz não tremer. – Ele quer ficar mais tranquilo... – Dou um pigarro e digo calmamente: – Ele acha que você sabe de uma coisa que o relaciona com Kelly.

Julian me olha e fala depois de um segundo:

– Isso não é verdade.

– Ele sabe que as pessoas pensam que ele queria Kelly fora do caminho – estou dizendo.

– Este é só um boato idiota – diz Julian, mas sua voz mudou e algo na sala também muda. – Rip não está nem aí para mim.

– Julian – digo, aproximando-me devagar dele –, foi ele que mandou te dar uma surra.

– Como sabe disso?

Engulo em seco.

– Porque Rip me falou.

– Besteira.

– É, Julian – digo, assentindo ao me aproximar mais. – Foi Rip. Rip fez isso com você...

– Não foi ele. – Julian rejeita minha aproximação. – Foi outra coisa. Não foi Rip. Está inventando.

– Olha – digo –, só o que sei é que parte da condição para aceitar o dinheiro é ele ver você. Esta noite. Antes que vocês saiam de Los Angeles. – Faço uma pausa. – Senão, não haverá acordo.

– Por que ele quer me ver, merda, se eu sei que ele está puto? Por que ele não aceita o dinheiro e pronto? – Julian faz essas perguntas num tom quase suplicante. – Não acha que eu deveria ficar longe dele, caralho? Meu Deus, Clay.

– Porque depois que eu disse a ele que ia pagar... – comecei.

– Por que está fazendo isso? – Julian me olha e quase automaticamente percebe o motivo.

– É – digo. – Eu faria isso por ela – falo com brandura, pegando meu iPhone, depois tentando acalmá-lo. – O que ele vai fazer com você? Eu estarei lá. Vou ficar com você.

Acho Rip na lista de contatos e lhe mando um e-mail em branco.

Julian me olha. Está mudando de ideia sobre alguma coisa.

– Você agora é amigo dele? Um mês atrás, você me disse que ele era um monstro.

A única coisa que posso fazer é contra-atacar:

– Por que você procurou Rip quando precisou do dinheiro para pagar Blair?

– Eu não procurei Rip – diz Julian. – Rip me procurou. Por causa de Rain, ele me procurou e se ofereceu para me ajudar em troca de... – Julian se interrompe. – Eu estava tentando arrumar outro jeito de pagar a Blair, mas, quando Rip apareceu, parecia mais fácil... Mas eu não procurei Rip. Ele é que me procurou. Não procurei por ele.

– Um minutinho, Julian. Espere aí.

– O que está fazendo?

Estou olhando a resposta que acabo de receber. *Ele está com você agora?*

Respondo: *Me dê o endereço.*

Espero, fingindo ler algo na tela.

– Clay – pergunta Julian, andando a mim. – O que está fazendo?

E depois: *Vai trazê-lo aqui?*

Um endereço em Los Feliz aparece na tela uma fração de segundo depois de eu responder: *Sim.*

Julian liga para Rain e eu só ouço seu lado da conversa. Dura um minuto e ele tenta acalmá-la. "Não sabemos se foi ele", diz Julian. "Ei, relaxa... Não sabemos se ele aceitou o dinheiro." Ele para de falar enquanto anda pelo quarto. "Clay disse...", e depois ele tem de se interromper. "Calma", diz ele, quase abalado com a ferocidade da voz que chega ao telefone. "Se está tão preocupada, confirme com Rip", diz ele mansamente. "Veja se é isso mesmo." Por fim Julian me olha e diz, "Não, você não precisa falar com ele", e é minha deixa para concordar com a cabeça. "Ele está nos ajudando", diz Julian. Depois que Julian desliga, meu telefone de imediato começa a vibrar no bolso do roupão; é Rain e eu a ignoro.

Julian está à porta do quarto, bebendo uma garrafa de água, vendo eu me vestir. Coloco jeans, uma camiseta, um moletom de capuz. Estou me debatendo se dou outra chance a ele.

– Rip te emprestou o dinheiro para pagar a Blair? – pergunto. – E depois, o que aconteceu?

– Ele só emprestou uma parte – diz Julian. – Mas não tem nada a ver com o dinheiro. Rip só está usando isso como desculpa. Não se trata do dinheiro. – Ele parece quase desdenhoso.

– Você mentiu para mim quando disse que não tinha falado com Blair – digo. – Mentiu quando disse que não falava com ela desde junho e eu acreditei em você.

– Eu sei. Foi horrível. Me sinto mal por isso. Desculpe.

Vou ao banheiro. Tento escovar o cabelo. Minha mão treme tanto que nem consigo segurar a escova.

– Eu não pretendia te estrepar – diz ele.

– Só quero saber de uma coisa – digo. – Que não para de me incomodar.

– O que é?

– Por que você armou para mim com Rain se...

Julian me interrompe como se soubesse o resto da pergunta:

– Você está por aqui há muito tempo. Sabe como é esta cidade. Já passou por isso. – Depois sua voz se suaviza: – Eu só não entendo como foi que você esqueceu Meghan Reynolds quando já era tarde demais.

– Tá, tá, tá. Eu sei disso, mas o que não entendo, se você sabia que Rip era tão louco por Rain, por que você... – Paro na frente de Julian, de braços caídos, mas só consigo olhar para ele quando me obrigo a isso. – Por que você me colocou em perigo? – pergunto. – Você a empurrou para mim mesmo sabendo como Rip se sentia? Empurrou Rain para mim, embora pensasse que ele talvez tivesse algo a ver com Kelly?

– Clay, eu nunca pensei que ele tivesse alguma coisa a ver com Kelly – diz Julian. – Eram só boatos que...

– Você queria que eu a ajudasse e eu tentei, Julian, mas agora vejo que não se importava se eu ia me dar mal ou não.

Isto agita alguma coisa em Julian, sua expressão endurece e a voz se eleva:

– Olha, é muito legal que você esteja tentando me ajudar, mas por que insiste em achar que Rip estava envolvido na morte de Kelly? Sabe de alguma coisa? Tem alguma prova? Ou só está inventando suas merdas, como sempre faz?

– Do que está falando?

– Pare com isso – diz ele, e de repente Julian é uma pessoa diferente. – Já fez isso muitas vezes, Clay. Quer dizer, tenha dó, cara, é uma piada. É, você diz suas merdas às pessoas, mas já arranjou alguma coisa para alguém? – pergunta ele com sinceridade. – Quer dizer, você promete coisas e talvez as coloque perto delas, mas, cara, você mente o tempo todo...

– Julian, o que é isso, não...

– E o que descubro é que você realmente não faz nada por ninguém – diz ele. – A não ser por si mesmo. – O modo gentil como ele diz isso me obriga a finalmente virar a cara. – Esta, sei lá, fantasia ilusória que você tem de si mesmo... – Ele faz uma pausa. – Me poupe, cara, é uma piada. – Outra pausa. – É meio constrangedor.

Obrigo-me a sorrir duro para abrandar o momento e não olho para ele.

– Por que está sorrindo? – pergunta ele.

– Deve ser uma atuação e tanto – digo. – Esta... fantasia que tenho de mim mesmo.

– Por que diz isso?

– Porque você engoliu – digo.

– Nunca pensei que você realmente se apaixonaria por ela.

– Por que pensou assim?

– Porque Blair me disse como você pode ser frio.

– Dá para você dirigir? – pergunta Julian enquanto o elevador desce à garagem. – Ou quer que eu dirija?

– Não, posso dirigir – digo. – Tem certeza de que quer ir?

– Tenho certeza, sim – diz Julian. – Vamos acabar logo com isso.

– Deixe que ele fique com ela – sussurro.

– Vamos embora esta noite – diz ele.

– Para onde vão?

– Não vou contar a você.

Dirigindo pelo Sunset, fico olhando o retrovisor e Julian está no banco do carona mandando um torpedo a alguém, provavelmente Rain, e fico ligando e desligando o rádio, mas ele não percebe, depois estamos atravessando a Highland e a música do Eurythmics dá lugar a uma voz do rádio falando dos tremores secundários a um terremoto mais cedo, algo que não vi porque estava dormindo, e tenho de abrir as janelas e parar o carro mais de três vezes para me acalmar porque fico ouvindo sirenes em volta de nós e meus olhos estão fixos no retrovisor porque dois Escalades pretos estão nos seguindo, da última vez em que paro, na frente do Cinerama Dome, Julian finalmente pergunta, "Qual é o problema? Por que está parando a toda hora?", e onde o Sunset Boulevard cruza com a Hollywood, eu sorrio para ele com frieza, como se tudo fosse ficar bem, porque no apartamento senti que estava ficando furioso, mas, agora, entrando na Hillhurst, eu me sinto melhor.

Na frente de um prédio cercado de eucaliptos depois da Franklin, Julian sai do BMW e parte para a entrada assim que recebo um torpedo que diz *Não saia do carro*, e quando Julian percebe que ainda estou no banco do motorista, vira-se e nos olhamos nos olhos. Um Escalade preto estaciona atrás do BMW e pisca os faróis para nós. Julian se curva para a janela aberta do carona.

– Não vai entrar? – pergunta Julian, depois está semicerrando os olhos para os faróis através do vidro traseiro antes de eles se apagarem, olha para mim e estou olhando inexpressivamente para ele.

Atrás de Julian, três jovens mexicanos saem do carro no círculo de luz de um poste.

Julian os vê, um tanto irritado, depois se volta para mim.

– Clay?

– Vai se foder.

No momento em que digo isso, Julian segura a porta que já tranquei e por um momento se inclina o bastante para dentro do carro e quase toca meu rosto, mas os homens o puxam e ele desaparece com tal rapidez que é como se nunca tivesse estado ali.

Na Fountain, meu telefone toca e eu paro em algum lugar depois da Highland. Quando atendo, percebo que meu banco está ensopado de urina e é uma ligação de um número bloqueado, mas sei quem é.

– Alguém o viu trazendo-o aqui? – pergunta Rip.

– Rip...

– Ninguém viu, não é? – pergunta ele. – Ninguém te viu trazendo-o aqui, não é?

– Onde estou, Rip?

O silêncio é um riso irônico. O silêncio sela alguma coisa.

– Ótimo. Agora pode ir.

Rain cai nos meus braços, aos gritos:

– Você o levou para lá. Você o levou para lá?

Empurro-a na parede e fecho a porta com um chute.

– Por que me odeia tanto? – grita ela.

– Rain, shhhh, está tudo bem...

– O que está fazendo? – grita ela antes de eu cobrir seu rosto com a mão.

Depois a empurro para o chão e tiro seus jeans.

– Você perdeu tantos sinais a meu respeito – sussurro para ela, deitada e drogada em meu quarto.

– Eu não... perdi – diz ela, corando, os lábios molhados de tequila.

– Foi o que este lugar fez com você – sussurro, tirando seu cabelo da testa. – Está tudo bem... Eu entendo...

– Este lugar não fez nada. – Ela cobre o rosto com as mãos, um gesto inútil.

Começa a chorar de novo, e desta vez não consegue parar.

– Vai ficar doente de novo, amor? – Seguro uma toalha de rosto molhada em sua pele bronzeada enquanto ela perde a consciência e volta. Olho sua mão se cerrar lentamente em um punho. Seguro-a pelo pulso antes que ela possa bater em mim. Empurro seu pulso para trás até que ele relaxa.

– Não me bata de novo – digo. – Não adiantaria nada, porque vou revidar – acrescento. – É isso o que quer? – pergunto.

Ela fecha os olhos com força e balança a cabeça de um lado a outro, as lágrimas escorrendo pela cara.

– Você tentou me machucar – digo, afagando seu rosto.

– Foi você que fez isso a si mesmo – geme ela.

– Quero ficar com você – estou dizendo.

– Isso nunca vai acontecer – diz ela, virando a cara de mim.

– Pare de chorar, por favor.

– Nunca fará parte disso.

– E por que não? – pergunto. Coloco dois dedos dos lados de sua boca e forço-a a abrir um sorriso.

– Porque você é só o roteirista.

Fui para Palm Springs como se nada tivesse acontecido. Na Highway 111, no deserto frio, apareceu um arco-íris imenso, seu arco intacto, reluzindo no céu da tarde. A menina e o garoto que contratei estão no final da adolescência e as negociações correram com tranquilidade, foi feita uma oferta, depois aceita.

A menina e o garoto estavam distantes. Para fazer as coisas por que paguei, eles já fecharam a conta antes de chegarem para o fim de semana. A menina era incrivelmente bonita – do Cinturão da Bíblia, Memphis – e o garoto era da Austrália e foi modelo da Abercrombie & Fitch, e eles vieram para Los Angeles para se dar bem, mas ainda não aconteceu nada. Eles admitiram usar nomes falsos. Eu lhes disse para só se expressarem por gestos – não queria ouvir a voz dos dois. Disse para andarem nus e não me importei por parecer absurdo ou demente. O deserto congelava abaixo das montanhas escuras que assomavam sobre a cidade e as palmeiras que ladeavam a rua em volta da casa enjaulavam o céu branco. Vi lagartixas dispararem pelo jardim rochoso enquanto a menina e o garoto se sentavam nus na frente de uma enorme TV de tela plana na sala, vendo a refilmagem de *Viagem maldita*.

A casa de rancho ficava no Movie Colony e tinha paredes creme e espelhadas, pilares que ladeavam a piscina na forma de um piano de cauda, pedriscos cobriam o jardim e pequenos aviões voavam no ar seco antes de pousar no aeroporto próximo. À noite, a lua pendia sobre o deserto coroado de prata, as ruas se esvaziavam e a menina e o garoto ficavam chapados junto do forno de chão, às vezes podíamos ouvir cães latindo no vento que agitava as palmeiras enquanto eu metia na menina, a casa era infestada de grilos e a boca do garoto era quente, mas eu só senti alguma coisa quando o comi, sempre ofegante, meus olhos encarando o vapor que subia da piscina ao amanhecer.

Houve reclamações porque a menina ficou assustada com "a situação"; a certa altura o empresário da menina e do garoto queria falar comigo, eu renegociei o preço, depois passei o celular ao garoto e ele falou brevemente antes de devolver a mim. Tudo foi confirmado. Depois o garoto se revezou fodendo comigo e com a menina e meus dedos se enfiavam nele, excitando o garoto, e o crânio humano no saco plástico era um objeto de cena que nos olhava da mesa de cabeceira, às vezes eu fazia a menina beijar o crânio, seus olhos estavam num transe e ela olhava para mim como se eu não existisse, depois eu disse ao garoto para bater na menina e olhei enquanto ele a jogava no chão, e eu disse a ele para fazer de novo.

Uma noite a menina tentou fugir da casa e o garoto e eu a perseguimos pela rua com lanternas, mas ele a localizou em outra rua pouco antes do amanhecer. Arrastamos a garota rapidamente de volta à casa e ela foi amarrada e colocada no que eu disse a eles para chamar de canil, que era o quarto dela. "Diga obrigada", disse eu à menina quando trouxe um prato de *cupcakes* batizados com laxante e fiz a menina e o garoto comerem porque era a recompensa deles. Sujo de merda, eu estava metendo meu punho na menina e seus lábios se fechavam em meu punho e ela parecia tentar me entender enquanto eu olhava para ela friamente, meu braço se projetando dela, o punho se abrindo e fechando em sua boceta, depois sua boca se abriu com choque e ela começou a gritar até que o garoto baixou o pau em sua boca, amordaçando-a, e os grilos ainda faziam a trilha da cena.

O céu parecia escovado, extraordinário, um cilindro de luz formado na base das montanhas, subindo. Terminado o fim de semana, a menina me confessou que tinha virado crente enquanto estávamos sentados na sombra das imensas colinas – "a travessia" é como a menina as chama, e quando pergunto o que ela quer dizer, ela fala, "é onde mora o diabo", e ela está apontando as montanhas com a mão trêmula, mas agora sorri enquanto o garoto nada na piscina e brilham em suas costas bronzeadas as marcas de meu espancamento. O diabo chama por ela, mas isso não assusta mais a menina, porque ela queria falar com ele agora, e na casa havia um exemplar do livro escrito sobre nós mais de vinte anos atrás, e sua capa de néon brilhava no tampo de vidro da mesa de centro, até que foi encontrado boiando na piscina da casa, sob as montanhas imensas, inchado de água, os grilos cantando por todo lado, depois a câmera atravessa o deserto até que começamos a desaparecer no céu amarelado.

Quando pesquisei o nome do morto, um link me mandou a um site criado por ele antes de sua morte, chamado Doheny Project. Mil fotos detalhavam a reforma da suíte 1.508 do Doheny Plaza e depois pararam abruptamente. Havia também fotos do garoto, de sua cabeça loura, bronzeada e arqueada – ele queria ser ator –, e lá estavam o sorriso falso, os olhos suplicantes, a miragem de tudo. O garoto postou fotos dele mesmo na boate a que foi na noite em que morreu, alto e sem camisa, cercado de rapazes parecidos com ele, e isso foi antes de ele ir dormir e nunca mais acordar, e em uma das fotos vi que tinha a mesma tatuagem que Rain vira no sonho – um dragão, borrado, no pulso. E a pesquisa me levou a uma gravação de teste, e em um dos testes o rapaz lê a parte de Jim em *Concealed*, o filme que roteirizei. "Qual foi a pior coisa que te aconteceu na vida, Jimmy?", lê em off alguém interpretando uma jovem chamada Claire. "O amor incondicional", diz o rapaz, o personagem de Jimmy virando a cara num falso constrangimento, mas o rapaz lia mal a frase, dando a ênfase errada, sorrindo com malícia quando devia estar totalmente sério, transformando-a numa piada quando nunca deveria ser assim.

Quando Laurie liga de Nova York, digo-lhe que tem uma semana para sair do apartamento da Union Square.

– Por quê? – pergunta ela.

– Vou sublocar – digo a ela.

– Mas por quê? – pergunta ela.

– Porque vou ficar em Los Angeles – eu lhe digo.

– Mas não entendo o porquê – diz ela de novo, e então respondo:

– Tudo o que faço tem um motivo.

Em um show de arrecadação de fundos no Disney Hall, que tem alguma relação com o meio ambiente, falo com Mark durante o intervalo e lhe pergunto sobre o teste de Rain Turner para *The Listeners*. Mark me diz que Rain jamais conseguirá o papel de Martina, mas está sendo considerada para um papel muito menor, o da irmã mais velha – basicamente, uma cena onde ela aparece de topless – e que eles vão vê-la de novo na semana que vem. Estamos no bar quando digo a ele:

– Não faça isso, está bem? Não faça.

Mark me olha meio surpreso, depois abre um leve sorriso.

– Tudo bem, entendi.

Na recepção no Patina, esbarro em Daniel Carter, que diz que falou muito sério sobre fazer de *Adrenaline* seu próximo filme depois de terminar de rodar o filme coestrelado por Meghan Reynolds. Daniel também está pensando em usar Rain Turner no filme coestrelado por Meghan Reynolds – Trent Burroughs deu um telefonema, disse que seria um favor, o que fosse, são três falas. Digo a Daniel para fazer um favor a mim e não colocar Rain no filme, e que Rain é problemática demais para valer o esforço, e Daniel fica chocado, mas eu confundo o choque com diversão.

– Soube que você está com ela – diz Daniel.

– Não – digo. – Eu não chamaria assim.

– O que houve? – pergunta ele, como se já soubesse, como se estivesse esperando para ver se eu ia guardar segredo.

– Ela não passa de uma puta – digo, dando de ombros jovialmente. – A de sempre.

– É? – pergunta Daniel, sorrindo. – Soube que você gosta de putas.

– Na verdade estou escrevendo um roteiro sobre ela – digo. – Chama-se *The Little Slut*.

Daniel fita o chão antes de olhar para mim de novo, uma tentativa de esconder seu constrangimento. Bebo o resto do drinque.

– Mas então ela agora está com Rip Millar – diz Daniel. – Talvez ele vá ajudá-la.

– Não entendi – digo. – Como Rip vai ajudá-la?

– Não sabia? – pergunta Daniel.

– Sabia do quê?

– Rip deixou a mulher – diz Daniel. – Rip agora quer fazer filmes.

O corpo de Julian é encontrado quase uma semana depois de seu desaparecimento, ou sequestro, dependendo de que roteiro se quer seguir. No início daquela semana, três jovens mexicanos ligados a um cartel de drogas foram achados baleados no deserto, não muito longe de onde Amanda Flew foi vista pela última vez. Foram decapitados, faltavam as mãos e a certa altura da última semana estiveram de posse de um Audi preto que foi encontrado nos arredores de Palm Desert, incendiado.

Alguém me filmou com uma câmera digital na sala de espera da primeira classe da American Airlines no JFK quando eu estava sentado a uma mesa com Amanda Flew em dezembro passado. Um disco me é enviado pelo correio em um envelope pardo sem endereço de remetente. A cena me volta: Amanda lendo minha mão no Admiral's Club, os copos vazios na mesa, nós dois rindo sugestivamente, curvados um para o outro, e embora a luz e a qualidade do som sejam ruins, não se pode ouvir o que estamos dizendo, mas fica evidente que estou dando em cima dela pra valer. Sentado em meu escritório, vendo isto na tela de meu monitor, percebo que foi onde tudo começou. Rain pegou Amanda no aeroporto no Jeep azul naquela noite de dezembro e elas me seguiram à Doheny porque Amanda disse a Rain que conheceu o cara de que Julian andara lhe falando. *Soube que você conheceu uma amiga minha*, Rip me disse na frente do W Hotel em dezembro passado na estreia do filme de Daniel Carter. *É, eu soube que você fez a menina...* Quando termina a gravação, uma série de fotos tratadas se sucede em *fade out*: Amanda e eu de mãos dadas na fila do Pink's, empurrando um carrinho do Trader Joe's em West Hollywood, no Amoeba, no saguão do ArcLight. Todas as fotos são forjadas, mas eu entendo – é uma espécie de aviso. E bem quando estou prestes a ejetar o disco Rip me liga, como se tivesse cronometrado, como se soubesse o que eu via, e me diz que vai chegar outro vídeo logo e que preciso ver este também.

– O que é isso? – pergunto. Olho as fotos que aparecem e somem: Amanda e eu comprando atlas celestes no Benedict Canyon, nós dois na frente do prédio da Capitol Records como se fôssemos turistas, uma na mesa do terraço da Ivy, almoçando.

– Só uma coisa que alguém me mandou – diz Rip. – Achei que devia ver.

– Por quê? – Estou vendo uma foto de Amanda comigo no BMW preto no estacionamento do In-N-Out em Sherman Oaks.

– É convincente – diz Rip, depois ele me diz que o alvará da boate que quer abrir em Hollywood finalmente foi aprovado e que eu deveria parar de dizer às pessoas para não colocar Rain nos filmes.

O novo disco chega naquela tarde. Retiro o disco de Amanda Flew comigo no JFK e coloco o novo no computador, mas desligo quase de pronto, depois de ver o que é: Julian amarrado numa cadeira, sem roupa nenhuma.

Depois de beber gim suficiente para me acalmar, sentei à minha mesa no escritório. Desenharam linhas com um marcador preto em todo o corpo dele – os "ferimentos de entrada não letais", como citou o legista do condado de Los Angeles na matéria do *Los Angeles Times* sobre a tortura e assassinato de Julian Wells. Há facadas que deixarão que Julian viva por tempo suficiente para entender que sangrará aos poucos até morrer. Há mais de cem delas desenhadas em todo o peito e no tronco, também nas pernas, assim como nas costas, no pescoço e na cabeça que foi raspada recentemente, e quando consigo olhar a tela de novo uma das figuras encapuzadas de pé junto a Julian cochicha alguma coisa com outra figura encapuzada, mas no segundo em que paro o disco recebo um torpedo de um número bloqueado que pergunta *O que está esperando?*. Uns vinte minutos de gravação depois confundo estática com a nuvem de moscas que tomam o quarto, sob o piscar das luzes fluorescentes, arrastando-se pelo abdome de Julian que foi pintado de vermelho-escuro, e quando Julian começa a gritar, chorando pela mãe morta, o vídeo escurece. Quando volta, Julian emite sons abafados e é por isso que seu queixo está lambuzado de sangue, e um minuto depois ele é vendado. Nos últimos instantes do disco a trilha sonora é do recado ameaçador que deixei no telefone de Julian duas semanas atrás e, acompanhadas de minha voz de bêbado, as figuras encapuzadas começam a esfaquear ao acaso, nacos de carne se espalhando pelo chão, e parece que vai durar para sempre, até que o bloco de cimento é erguido sobre sua cabeça.

No cemitério Hollywood Forever eu conheço muito poucas pessoas que apareceram para o enterro, e elas são principalmente apenas figuras do passado que não conheço mais e eu nem ia, mas tinha de terminar dois projetos nos últimos dias que andei ignorando, um era um remake de *O homem que caiu na Terra* e outro era um roteiro sobre a reforma de um nazista jovem, e a última cena que escrevi é de quando um louco de farda mostra a um rapaz num castelo uma fila de cadáveres frescos, e o louco fica perguntando ao rapaz se ele conhece algum dos mortos, e o rapaz responde que não, mas está mentindo, e eu estava olhando a garrafa de Hendrick's em minha mesa enquanto na TV de meu escritório a mãe de Amanda Flew é entrevistada na CNN, depois de ter dado queixa da divulgação do vídeo, mas lhe disseram que os direitos de privacidade não se estendem aos mortos, embora o corpo de Amanda não tenha sido encontrado, e havia uma montagem da breve carreira de Amanda com "Girls on Film" tocando como trilha sonora enquanto o segmento continua sobre os perigos das guerras de drogas na fronteira, e eu tentava tomar uma decisão que parecia de qualquer maneira hercúlea, e por um momento pensei em ir embora.

Chego tarde, assim que a cerimônia termina, e estou no fundo da capela olhando a pequena multidão enquanto o pai de Julian passa por mim e não me reconhece. Rain não está ali, nem Rip, que por algum motivo pensei que estaria, e Trent não aparece, mas Blair está com Alana e eu me abaixo antes que ela me veja, depois estou passando pelo cemitério budista, onde os mortos são guardados em estupas espelhadas, pavões vagam pelos túmulos e estou olhando a torre de água da Paramount, por entre as palmeiras encrespadas, e visto um terno Brioni que antigamente cabia, mas agora fica largo, e penso ver figuras à espreita atrás das lápides, mas digo a mim mesmo que é só minha imaginação e, tirando os óculos de sol, semicerro os olhos. O cemitério faz limite com os muros escuros dos estúdios da Paramount e você pode achar significado nisso ou se manter neutro da mesma maneira que pode achar alguma coisa irônica nas filas intermináveis de mortos sob as palmeiras, com suas copas florindo contra um céu azul cintilante, ou preferir o contrário. Olho o céu e penso que é a hora errada para um enterro, mas o dia, o sol afugentam os fantasmas, e não é esse o sentido de tudo? Exibem filmes aqui no verão, eu me lembro, examinando a parede branca e gigantesca do mausoléu onde os filmes são projetados.

– Como você está?

Blair está de pé a meu lado. Estou sentado num banco ao lado de uma árvore, mas não tem sombra e o sol é abrasador.

– Estou bem – digo numa voz esperançosa.

Ela não tira os óculos escuros. Está com um vestido preto que acentua sua magreza.

De onde estou, olho a multidão que se dispersa, os carros arrancando para o Santa Monica Boulevard, e mais adiante um trator abre uma nova cova.

– Acho que estou alarmado – digo. – Um pouco.

– Por quê? – pergunta ela, parecendo preocupada, como alguém que tenta reconfortar uma criança. – Com o quê?

– Fui interrogado duas vezes – digo. – Tive de contratar outro advogado. – Faço uma pausa. – Eles acham que estou envolvido.

Blair não diz nada.

– Dizem que havia testemunhas que me viram com ele na noite de seu desaparecimento e... – Desvio a cara de Blair e não falo que a única pessoa que posso imaginar que confirme isto, agora que sei que os três mexicanos estão mortos, é o porteiro do Doheny Plaza, mas quando o porteiro é interrogado, não se lembra de nada e não há registros, porque antes de Julian chegar eu disse a ele que esperava uma entrega e era só mandar subir sem precisar parar, e só o que fiz foi negar tudo e dizer a todos que eu podia ter visto Julian mais cedo naquela semana, mas permanece o fato de que eu não tenho álibi para a noite em que o levei de carro à esquina da Finley com a Commonwealth, e eu sei que Rip Millar e Rain sabem disso. – O que significa... Bom, não sei o que significa – murmuro, depois tento sorrir. – Acho que muita coisa. – O letreiro de Hollywood brilha nos morros, um helicóptero sobrevoa baixo o cemitério e um pequeno grupo de preto anda pelas lápides. Eu só estava ali há 15 minutos.

– Bom – diz Blair com hesitação –, se não fez nada, por que está preocupado?

– Acham que eu posso ter participado de... um plano – digo despreocupadamente. – Cheguei a ouvir a palavra “conspiração”.

– O que eles podem provar? – pergunta ela.

– Eles têm uma gravação que alguém acha incriminadora... Uma... uma arenga de bêbado que fiz a Julian numa noite e... – Eu paro. – Bom, eu estava dormindo com a namorada dele, então... – Olho para ela e viro a cara. – Acho que sei quem está envolvido e acho que vão se safar... Mas ninguém sabe onde eu estava.

– Não se preocupe com isso – diz Blair.

– Por que não me preocupar? – pergunto.

– Porque vou dizer a eles que você estava comigo.

Olho para ela de novo.

– Vou dizer a eles que você estava comigo naquela noite – diz ela. – Vou dizer que passamos a noite toda juntos. Trent estava fora com as meninas. Eu estava sozinha.

– Por que faria isso? – É uma pergunta que se faz quando não se sabe mais o que dizer.

– Porque... – começa ela, mas se interrompe. – Acho que quero uma coisa em troca. – Mais uma pausa. – De você.

– É? – digo, semicerrando os olhos para ela, os ruídos abafados do trânsito na Gower em algum lugar ao longe atrás de mim.

Ela estende a mão. Espero um segundo antes de pegá-la, mas depois me levanto e a solto. *Ela é uma bruxa*, alguém cochicha em meu ouvido. *Ela quem?*, pergunto. *Ela é uma bruxa*, diz a voz. *Como todas são.*

Blair pega minha mão de novo.

Acho que percebo o que ela quer, mas só quando vejo o carro de Blair, que se anuncia com clareza. É um Mercedes preto com vidros escurecidos igual ao que me seguiu pela Fountain, ou que passou pelo Doheny Plaza em todas aquelas noites, ou o que seguia o Jeep azul sempre que estava estacionado na Elevado, ou aquele que me seguiu na chuva até o apartamento de Orange Grove. E de longe o mesmo louro que vi no píer de Santa Monica com Trent, no bar do Dan Tana's, atravessando a ponte no hotel Bel-Air e falando com Rain na frente da Bristol Farms numa manhã de dezembro passado está recostado no capô do carro e para de proteger os olhos com a mão quando vê que olho para ele. Pensei que ele talvez estivesse olhando os túmulos, mas depois noto que está nos observando. Ele se vira quando Blair assente para ele. Continuo olhando o carro enquanto sinto os dedos de Blair afagando de leve meu rosto. *Vá aonde ela quiser*, suspira a voz. *Mas ela é uma bruxa*. Eu respondo aos sussurros, ainda olhando o carro, *E a mão dela é uma garra...*

– Seu rosto – diz ela.

– O que tem ele?

– Dá a impressão de que não aconteceu nada com você – sussurra ela. – E você está tão pálido.

Há muitas coisas que Blair não entende em mim, e muitas coisas que ela no fundo deixou passar e coisas que ela jamais saberia, e sempre haverá uma distância entre nós porque havia sombras demais em tudo. Será que ela fez promessas a um reflexo infiel no espelho? Ela já chorou por odiar tanto alguém? Ela já desejou trair a ponto de forçar a realização das fantasias mais cruéis, inventando sequências que só ela e ninguém mais pode ler, alterando o jogo no decorrer da partida? Poderia ela situar o momento em que morreu por dentro? Ela se lembraria do ano que levou para se transformar desse jeito? As telas escurecendo, as transições de imagens, as cenas reescritas, tudo que foi cortado – agora quero explicar essas coisas a ela, mas sei que nunca o farei, o mais importante é isto: jamais gostei de ninguém e tenho medo das pessoas.

1985-2010

Este livro foi impresso na Editora JPA Ltda.
Av. Brasil, 10.600 – Rio de Janeiro – RJ,
para a Editora Rocco Ltda.